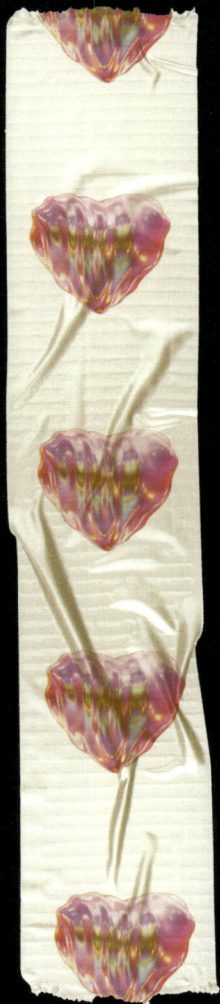

只有适当的虚伪才能维持世界的运转。

是时候结束虚伪了。

[韩] 赵艺恩 ✦ 著

山异 ✦ 译

칵테일, 러브, 좀비

collection of short stories

✦

by

조예은

爱，鸡尾酒与生化危机

GUANGXI NORMAL UNIVERSITY PRESS

广西师范大学出版社

· 桂林 ·

图书在版编目（CIP）数据

爱，鸡尾酒与生化危机/（韩）赵艺恩著；山异译.——
桂林：广西师范大学出版社，2023.9（2025.10重印）
　　ISBN 978-7-5598-6236-5

　　Ⅰ.①爱… Ⅱ.①赵… ②山… Ⅲ.①中篇小说 –
小说集 – 韩国 – 现代②短篇小说 – 小说集 – 韩国 – 现代
Ⅳ.①I312.645

中国国家版本馆CIP数据核字（2023）第138130号

著作权合同登记号桂图登字：20-2023-079号

AI JIWEIJIU YU SHENGHUAWEIJI
爱，鸡尾酒与生化危机

作　　者：（韩）赵艺恩
译　　者：山　异
责任编辑：彭　琳
特约编辑：徐子淇　徐　露
装帧设计：汐　和 at compus studio
内文制作：陆　靓

广西师范大学出版社出版发行

　　广西桂林市五里店路9号　　　　邮政编码：541004
　　网址：www.bbtpress.com
出版人：黄轩庄
全国新华书店经销
发行热线：010-64284815
北京启航东方印刷有限公司印刷
开本：787mm×1092mm　　1/32
印张：6　　　　　　字数：80千
2023年9月第1版　　2025年10月第6次印刷
ISBN：978-7-5598-6236-5
定价：49.00元

如发现印装质量问题，影响阅读，请与出版社发行部门联系调换。

(目 차　　　 례 录)

有根鱼刺在我喉咙里卡了十七年。

大家都说不可能，

我却能真切地感受到它。

1

有根鱼刺在我喉咙里卡了十七年。大家都说不可能，我却能真切地感受到它。那是一根细长的白刺，牢牢堵在咽喉与气管的衔接处。

那件事发生在我十三岁那年。我家在海边的小城市，姨妈在海鲜市场经营一家鱼生店，跑船的人常去那里解决三餐。我们一家也常会去姨妈店里聚一聚，吃顿饭。

我现在都记得海鲜市场的夜晚，空气中弥漫着阴郁的气息，腥味经年累月充斥在每个角落，远方的大海如宇宙般幽暗。当日卖剩下的海鲜，在鱼缸大小的海鲜池里晃荡着，个个死气沉沉，似乎都知道自己命不久矣。

据说姨妈不到二十岁就学会切生鱼片了，她的刀工非常了得，每个动作都很利索，没有一丝犹豫。先用捞网将鱼捞起来，扔在砧板上，为了方便处理，她通常会先用刀背把鱼敲晕，最后一刀斩掉鱼头，整套流程下来，纯熟又自然。偶尔遇到没了头也仍在挣扎的鱼，会把我吓得不轻，姨妈却看着我爽朗大笑，说这样的才最新鲜。[1]

那天，鱼生店角落里那台胖嘟嘟的电视机正播着海鲜价格大幅下跌的新闻。姨夫叹了口气，将杯中的烧酒一饮而尽；爸爸妈妈一边吸溜着辣鱼汤，一边咂舌。潮湿又沉重的空气在塑料棚[2]里浮动着。

摆上桌的菜里，我能吃的只有芝士玉米或香肠这类配菜。也许是我的脾胃不够好，眼看着那些刚刚还活蹦乱跳的海鲜，实在难以下嘴。一顿没什么可吃的餐饭，让我兴味索然，而大人们却兴致高昂，脸涨成香肠一样的红粉色，嘟囔些我无法理解的话。

1　本书空行处理皆对应原书。

2　韩国的海鲜市场店铺多为塑料棚构造，既可购买海鲜，也可就地堂食。

我只得用叉子折磨无辜的香肠，借此打发时间。忽然，姨夫将一片生鱼片塞进嘴里，问道：

"彩媛还不能吃生鱼片吗？"

"她不肯吃，应该还不习惯吧。" 妈妈作声了。

"想尝尝吗，彩媛？"

我摇摇头，姨夫咧开嘴，满脸笑容地嚼着生鱼片。

"这么好吃的东西，为什么不吃呢？"

"你就尝一片吧，彩媛。"

爸爸也开始劝我了。我紧紧闭上嘴，拼命摇头。爸爸开始故意用生气的语调，讲起那些训小孩的话，夹起一片生鱼片送到我嘴边。

"大人给你什么，你就吃什么。"

妈妈也帮起腔来：

"这可贵了，你以后想吃都不一定能吃到呢！"

姨妈抓着我的肩膀说道：

"我们只吃一口，彩媛。这都是姨夫辛辛苦苦从海里捞上来的。"

我还是摇头。然而，孩子的拒绝在大人看来总是那么微不足道。他们笑着在我面前晃了晃生鱼片，将我的窘迫化作他们眼中的可爱。那片透明又白皙的肉活像条巨虫，我好想哭。妈妈看到我的眼中蓄满泪水，叹了口气，也喝了杯烧酒。

"也不知道这孩子随谁，这么爱哭。"

透明的肉依然在我眼前晃。姨妈一边夸我，一边将生鱼片搭在我的嘴唇上，那触感冰冷又湿润。

"吃了，吃了！"

爸妈欢呼起来，这一刻，我害怕了。我知道自己不想吃，但感觉已经非吃不可了。我紧紧闭上眼睛，终于还是吃下了那片鱼肉。它很有嚼劲，怎么嚼都嚼不碎，可我没尝出一点味道，甚至有点犯恶心。突然，"嘎嘣"一声，我咬到一个硬物。妈妈以为我要吐掉鱼肉，赶忙训斥我，让我咽下去。我只能含泪咽了下去。

就在这时，我感到喉咙里有东西卡住了。

"彩媛真棒，都敢吃生鱼片了。"

大人们哈哈笑着夸我厉害，饭桌上的气氛恢复如常。我一直在咳嗽，最后鱼肉顺着食道下去了，但嗓子眼里的异物感依然没有消失。

○

妈妈带着咳了一晚上的我去了医院。听说我昨天吃了生鱼片，社区医院的耳鼻喉科医生捏了捏我的脖子。

"可能有鱼刺卡在喉咙里了。嘴巴张大，彩媛。"

因为真的受够了这种不适感，我马上乖乖张大嘴巴。打灯照过我的口腔后，医生皱起眉头。

"看不见啊，好像还挺深。"

妈妈急忙问道：

"那怎么办呢？"

"近来都是用机械取出来。来，嘴再张大。"

医生先在我的舌头上铺了一张干纸巾似的东西，然后掏出一根又长又黑的软管。护士推来一台姨妈店里那样的胖嘟嘟的小电视。医生笑得很和蔼。

"医生要看看彩媛的喉咙里面，难受也要稍稍忍一下噢。"

就这样，黑软管伸进了我的喉咙。鱼内脏似的肉在小电视的屏幕上蠕动着，我吓得蜷缩起来。医生来回观察我的口腔和屏幕，开始觉得奇怪。

"一般探到这里该看到了啊，怎么还没有呢？"

"鱼刺到哪儿去了呢？"

我依然张大嘴巴，正对的屏幕上是生平第一次见的恶心又可怕的食道。我的身体里怎么会有这样的东西，它看起来更像电影里某个怪物的身体内部。我感觉自己快要吐了，急忙闭上眼睛。医生慢慢将管镜拉出喉咙，屏幕再次暗了下来。

"鱼刺应该已经下去了，但还是划伤了喉咙。如果之后还疼，就带孩子去大医院拍张胸透看看吧。不过我估计她很快就没感觉了。"

离开医院后，妈妈认为我在装病，非常愤怒。虽然很委屈，但我还是忍住了，没有顶嘴。我开始幻想以后我因为这根刺被推进急救室的时候，妈妈该有多后悔，心里顿时痛快不少。

之后我也因为一直没有消失的异物感又跑了几次医院。去过大医院拍 X 光片，也不止一次让管镜探进喉咙里。然而，那根刺并不存在。所有医生都说我喉咙里没有刺。经过几次折腾，妈妈再也不相信我的话了。高中时甚至被当作装病，挨了班主任好多次教训。每到这种时候，那根刺就会变粗、变大，狠狠刮着我的肉。

后来，我考上了附近城市的大学，专业是雕塑。我喜欢那些能握在手中的锋利工具。每当我看着那些工具尖锐的一端，就感觉自己可以柔和地切开世间所有的东西。就像想将布丁完好无损地移到盘子上，或想将整块白嫩的豆腐碾碎的那种冲动一样，有时候，我也想用它们顺着我的下巴一路划到锁骨，将肉割开，然后再向两边拉扯，那么折磨了我七年的那根刺肯定能掉下来。

当然，这只是我的想象而已。

2

"哇，真的一模一样呢。"

女人对着照片，端详着摆在工坊角落里的正贤的头像雕塑。我露出一个苦涩的笑容，带她走向工作台。今天的课程是戒指制作。为了能与前辈共用一间工坊，我答应帮她代一节课。来上课的学生大多都是恋人，只有眼前这个肤色白皙的女人是独自前来，自然很引人注目。

她穿着一条普通的连衣裙，头发紧紧绑成一个马尾，垂在脑袋左侧。整体给人的印象很模糊，最多只能说有一处算是显眼——她的耳垂上长了一颗痣，一颗很清晰的痣，远远看去就像一个洞。

"太用力反而会走样，像这样放好了，用锤子稍微敲一敲就可以做出想要的花纹了。"

听我说完后，女人默默点了点头。直到课间休息的时候，闷不吭声的她才再次开了口：

"这是谁呢？"

她默默走到我身边，指着我面前的头像雕塑问道。

"只是一个认识的人而已。"

"刻得真的好像啊，特别是酒窝和眼角的皱纹这些细节……"

女人用指尖轻触头像。接着，她似乎想到了什么有趣的事情，突然放声大笑起来。

那天的课程一如既往地结束了。女人没有在戒指上嵌入任何宝石，只做了一枚和她这个人一样普通的细银戒便回去了。

送走学生后，我独自留在工坊。尚未完成的正贤的头像窝在角落里看着我。望着它空荡荡的褐色眼眸，我莫名觉得有点毛骨悚然。就在这时，手机收到了一条短信。

[我在学校后面的鱼生店，和你要好的人也都在。你想过来吗？]

是正贤。那些人能算是和我要好吗？都是你的朋友吧。我一边自言自语，一边回复他。

[你知道的，我吃不了生鱼片。]
[啊，是噢！但你可以过来吃点辣鱼汤。大家好久没见你，都说想你了。]

我盯着手机屏幕看了许久，才将手机扣在工作台上。无意间抬起头，我竟再一次和那双褐色的眼眸对视，心中顿时生出些许不快。头像一直都在瞪着我。我径直走到头像面前，把贴在一旁的正贤的照片撕下来揉作一团，又将头像转过去面朝墙，这才作罢。

手机又响了起来，我没有理睬。正贤看我不接电话，不停发来短信让我回复他。他这么快就喝醉了？过去我总以为这是他喜欢我的证明，为此开心不已。现在想来，我那段时间肯定是被鬼迷了心窍。

是时候结束了。我熄了手机屏幕，拿起包，并不打算回应他。

○

那个时候，我和他才刚交往没多久。

"和腿比起来，你的腰线好像有点过低了。"

正贤上下打量着我。那天我穿了一件黑色T恤，配一条宽松休闲裤。他的话不仅刺痛了我的心，更让我感到屈辱不堪。见我一句话也憋不出来，正贤又笑着添了一句：

"我只是想给你提个建议啦。你可以改改穿衣风格，遮掩一下自己的缺点。"

我从没觉得自己的腿短。坦白说，我压根没有认真想过这个问题。然而，当我认识到这段对话里的个中问题，知道自己应该对他发火的时候，已经太晚了，这件事已经过去太久了。

于是我决定就此翻篇，可每当挑选新衣服时，我总会想起他的话，无一例外。我甚至去问朋友："我的腿很短吗？嗯，身高是不矮啦，我说的是身材比例。我的腰线位置让腿看起来很短吗？"朋友们也只是开玩笑般笑着说："就算真短也不能再拉长了吧！"之后，我渐渐远离裤子，开始穿半身裙或连衣裙。他的建议也就一直延续了下去。

"你今天穿得真好看，上次穿的衣服就不怎么样。"

"你的额头比较窄，不太适合那种发型。还是现在的发型要好一点。"

正贤评价的方式很高明，他通常都会先说一些夸赞的话，再借此贬低我之前的打扮。看着眼前称赞自己的正贤，我也不太好发火，甚至一时间心情还不错，但一转身又会有种莫名的不痛快。回到家后，我会将之前穿过的衣服拿出来重新换上，看看到底是哪里不好，分析、评判自己的身材。就这样，一直以来的穿着成了凸显我缺点的可笑之物。慢慢地，越来越多的衣服被我放进收纳箱，而新买的衣服，都无一例外地迎合了正贤的称赞。

不知从何时起，我活在了正贤的眼色中。衣服只穿他喜欢的，发型也只做他夸过的。我生活中的一切都在迎合他，但我一点都不觉得奇怪。当时的我就像被麻醉了一样，并没有发现自己的变化。我不能和别人倾诉，也无法找正贤评理。因为他既没有强迫我，也没有威胁我，他只是说了自己的想法。这一切都是我自己的选择。

那段时间里，喉咙里的异物感对我造成的困扰愈发严重。它不会带来致命的痛，只是会在我忘却它的时候，伴随着不经意间咽下的口水隐隐发作。它是琐碎的小事，是我无法述说的羞耻，但又无时无刻不在真切地刺激着我的神经。它明明"不存在"，我却能真切地感受到它。我不知道该拿它怎么办。

也是从那时候起，我开始制作正贤的头像。照搬有形的实体，是我最擅长的事情。哪怕是只见过一次的人，我也不会忘记他的长相，而且还能准确抓住长相上的特征。对我来说，毫无想法地复原一张脸不过是单纯的体力劳动，还能帮我遗忘喉咙里的异物感，以及其他烦恼。

我每天都在打磨他的头像。即便我对那张脸熟悉到无须对照也能很好地复制，但为了准确再现，我还是在工作台上贴了一张他的照片。我选了一张我们交往前的合照作为模板。照片里的正贤正用他特有的温柔眼神看着我，嘴角轻轻上扬，眼睛里充满了活力。这期间，因为手中的头像是微笑着的，我也得以一直面带微笑地工作。

一天，在旁静静看着的前辈走了过来。

"感觉不是很像呢。"

我本以为前辈是在故意气我。我与她亲密无间，经常开彼此的玩笑。更何况我们曾一起备考，她很了解我过目不忘的才能。但前辈的话却出自真心，她似乎也觉得很奇怪，于是坐在我身边，一边观察头像一边嘀咕：

"我是说真的，真不太像。"

"怎么会呢？"

"我不是不知道你的实力，可是这次的作品怎么说呢？单看五官确实很像，可是和我上次见到的你的那位男朋友，完全像是两个人。"

我不再言语，凝视着自己刚刚还在捏的头像。那张脸明明和照片里笑得一样明朗。我的嗓子开始发痒，就像有一根薄刺在轻轻挠着柔嫩的肌肤。恰好到了与正贤见面的时间，我便弃下头像，落荒而逃般地离开工坊，却逃不掉这令人厌烦的异物感。

那天我们约好在电影院见面，正贤穿了一身印有白线的运动装，头上戴了顶帽子。嘴角脏兮兮的，眼睛里还满是睡意。那一刻，我受到了强烈的冲击。我似乎明白了前辈说那些话的原因。正贤现在的模样确实和我参考的那张照片不一样。无论是视线还是态度，抑或是整个人散发的感觉与气质，都截然不同。

我突然觉得好不公平。正贤此刻穿的裤子就是照片里的那条裤子，头上的帽子也是他在我们交往前就常戴的。我看了眼自己，身上穿着在工作时倍感不便的连衣裙，脚底踩着五厘米高的高跟鞋，额前还垂着长长的刘海。他一点都没变，可在他身旁的我却改变了太多太多。

这种感觉很奇特，我怀疑自己是不是走错路了。错了，一定是错了，但我不知道如何才能走回去。见我一直沉默不语，正贤连声问道："怎么了？心情又不好了？是不是累了？"我还是没有反应，他识趣地闭上嘴，默默看起手机来。

那一天，我对任何事物都无法集中注意力。奇怪的感觉一旦产生，就会觉得身边的一切都露出了可疑的端倪。正贤也不知是在对什么兴致盎然，一直看着手机笑。微微扬起的嘴角，弯弯的眼睛——他现在的表情与照片中看着我的表情如出一辙。然而，他现在看着的并不是我，只是一台手机。喉咙里的痛症隐隐发作，我开始不停地咳嗽。正贤一脸不耐烦地走向洗手间。

我立刻拿起正贤的手机，手机反常地上了锁。就在这时，一条刚接收的短信明目张胆地弹了出来。

[泰珠：是我，最近还好吧？话说你的女朋友……]

我还没来得及读完整条信息，正贤便拿着一包湿纸巾回来了。我表面上若无其事，但刚刚看到的短信和那个完全陌生的名字一直在我的脑海里盘旋。泰珠，这是一个可男可女的名字[1]。

电影快开场了，看了眼手机的正贤又起身去了洗手间，直到所有广告都播完才回来。电影乏味又无聊，演职员表滚动完后，我故意抛了一个与结局完全不同的问题：

"所以主人公最后是死了？"

"嗯，死了。"

"这样啊，懂了。"

即便是在与我说话时，正贤也依然目不转睛地盯着手机。与正贤分别后，我回到了工坊。在一片漆黑的工坊里，我望着自己塑造了许久的头像。它并不是正贤的脸，它什么都不是。我塑造的是一张完全陌生的脸。是我脑海里的正贤，是现在的正贤，也是照片中的正贤，它是三者混杂在一起的模样。我将视线从正贤的头像上移开。现在，只有泰珠这个名字深深印在了我的脑海里。

1　韩文为"태주"，作为韩国常见的男性名时，常音译为"泰柱"。

3

好久沒有独自一人去买材料了。因为正贤发来的短信，包里的手机叫闹个不停，但我直接无视了。买好蜡、银与焊丝，回到工坊之后，太阳已经落山。雕塑依然和我离开前一样，面朝着墙壁。

要不直接砸了？带着这样的想法，我开始整理工坊。前辈的工作台上堆满了文件，杂乱无章。我想也没想便把一沓文件拿了起来，是课程的报名表。突然，有个名字紧紧抓住了我的视线——李泰珠。

报名日期是今天。我急忙确认其他报名表，只有李泰珠是独自报名的。正是那个看着正贤头像、称赞它和照片一模一样的女人。女人消瘦的侧脸，还有与下巴线条相连的、蜷缩着的耳朵，然后是耳垂上的那颗痣，这些细节如全景画般在我脑海里一一闪过。

不会的，可能只是同名而已，泰珠可以是任何人的名字。然而，我与她为数不多的对话都有关正贤的头像，这一点让我无法停止怀疑。如果发那条短信的真是那个女人，那她到底为什么会来找我？只是出于单纯的好奇？她凝视正贤头像时是什么表情？虽然今天才刚见过她，但我对她的印象很模糊。我记得她长相上所有细微的特征，却很难将它们组合起来，拼成一张脸。可我明明仔细地看过了她的脸，这种情况还是第一次。我不禁攥紧了手里的报名表。

这时，身后传来进门的脚步声。我以为是前辈，忙提高音量说道：

"我都整理好了，你可以直接走了。"

"彩媛。"

是正贤。他到底喝了多少酒，整张脸烧得通红。难闻的酒味弥漫开来，我强忍恶心：

"你怎么来了？"

"你不接我电话。"

"我不是说了不去吗？"

"我不停地打电话给你，你一个都没接，我能不担心吗？你能不能不要总这么自私，只考虑自己，就算吃不了生鱼片，你也可以过来调节一下气氛吧！那些都是我的朋友！"

我发现了一件很神奇的事——早在他开口之前，我便猜到了他要说的话。正贤嘴里冒出的话竟然没有一句出乎我的意料。那些话听起来是那样遥远，好像并不是对我，而是对其他人说的。猛然间，我觉得他可能不止对我说过这些话，对其他人肯定也说过。于是，我打断了他：

"我不去参加你的朋友聚会，对你能有什么影响？自私的人是你。"

说完，我甩开正贤的手，从座位上站了起来。然而，没等我走到门口，就又被他拽住了。正贤用涣散的眼神看着我，质问起我来：

"你这是做什么？想和我吵一架吗？"

"有什么好吵的。分手吧！你不是也觉得我自私吗？分开对彼此都好。"

手腕传来的压迫感猛然增强，我突然害怕起来。现在工坊一个人都没有，也不知道前辈什么时候才能回来。手机放在包里，一只手又被禁锢住了。正贤似乎有些不可置信，讥笑着反问我：

"分手？你这是突然怎么了？"

想分手的理由自然很多，但现在已没必要把那么多理由一一列出来。可我转念一想，决定趁此机会问出一直好奇的问题。

"泰珠是谁？"

"你偷看我的手机？"

"我问你泰珠是谁。她到底是谁,你和她一起聊我的事情?"

"只是一个高中同学。我不是和你说过,周末去参加了同学会吗?结果所有人中只有我一个人有女朋友。"

我不记得有这样的事。如果他真说了,我不可能不记得。面对眼前这老套又显而易见的情况,我不禁撇了撇嘴。因为我没有立刻回答他,正贤又开始像往常一样焦急起来。

"你在想什么?真搞不懂你了。你要是真怀疑,我现在就打给她!"

"算了。"

那条短信并不是直接原因,我只是突然领悟、看清了正贤是怎样一个人。一旦情况不利于自己,他便会倒打一耙,先一步冲我发火。我扭动胳膊,想抽出手腕。正贤另一只手就立刻抓了上来,更加用力地箍住了我的手腕。

"彩媛,你理智一点。你现在太感情用事了。你知道我之前对你如何,你怎么能这样胡思乱想,随随便便就从背后给我来一刀呢?"

这时,我的喉咙里突然爆发出尖锐的疼痛。疼痛是那么强烈，我的眼前开始发白。我拼尽全力甩掉正贤的手，握住自己的脖子。耳边传来东西砸落的声音。我反复咳嗽，不断干呕，痛感才慢慢消散。我深吸一口气，转头望向刚刚发出声响的地方。正贤正躺在倒下的椅子旁。

他一边骂着脏话，一边爬了起来。我拿起包，转身就往门外走，正贤见状急忙跟了上来。直觉告诉我，现在绝对不能被他抓住。我加快步伐，竞走一般地向门口冲去，正贤的步子也随之紧凑起来。会被他抓到的！我早早伸出了双臂，以便及时推开门，出门后能立刻跑起来。然而，出乎意料的是，门竟然自己打开了。和寒风一起登场的，是一个没有五官的女人。

我惨叫一声，昏了过去。

○

再次睁开眼睛时，我已经躺在了医院里，前辈陪在我身旁。

"我把他赶走了。我吓唬他说要报警，他就悻悻地走了。"

打了一个小时左右的点滴后，我在前辈的陪同下离开了医院。坐在出租车上，前辈问我发生了什么。我考虑了许久，还是将事情始末吐露了出来。正贤发来的短信，端详头像的女人，让人记不清五官的女人……听完我一股脑的倾诉后，前辈疑惑地偏了偏头。

"你的意思是，那个与正贤偷偷联系的女人今天来我们工坊学习了？为什么？来看你的笑话？"

真正说出口之后，我才发现这是多么寒碜的一件事。然而，重要的并不是这一寒碜的事实，而是我竟然不记得她的长相了。我努力和前辈解释这是多么惊悚的一件事，而前辈只是同情地看着我。

"应该是你搞错了吧？你现在太敏感了，还是先休息一下吧。"

全部力气仿佛被抽离身体，我瘫在椅子上。这一切都是因为我太敏感了？真的只是一次偶然？下了出租车，我立刻向工坊走去。一拉开门，先前与正贤争吵时弄成一团糟的工坊出现在眼前。脚尖好像碰到了什么粗重的东西，是正贤的头像。我静静看着破碎不堪、孤零零蜷缩在玄关一角的头像。

它怎么会在这儿？

头像原本是在墙角的。难道是在我与正贤争执时摔碎的吗？可它现在离原本的位置也太远了。即便真是在争执时打破的，放在工坊最里侧的头像也不会一路滚到玄关吧？这太不合理了，除非有人故意移动了它。白天那个久久凝视头像的女人的背影突然浮现在我眼前。我小心翼翼地弯下腰，将头像翻了过来。头像已碎得看不出形态，但嘴角却很诡异地弯曲着。姗姗来迟的前辈推开门，看着杂乱的工坊叹了口气。

"看来得花点时间才能收拾好。你怎么还不进去，一直杵在门口干吗？"

我指着头像问道：

"前辈，我晕倒的时候它就在这里了吗？"

"我不太记得了，当时我被吓得不轻。"

我一边咬着指甲一边嘀咕：

"可我记得当时它并不在这里。原本是在工坊最内侧的，现在却滚落到这儿了。我们走之后，有谁来过这里。"

前辈拍了拍我的肩膀，拿起清扫工具。

"都说是你太敏感了，赶快收拾吧。"

打扫结束后，前辈说想出去抽根烟，就起身离开了工坊。我坐在乱糟糟的工作台前，脑子一片混乱。我努力让自己冷静下来。一定是泰珠那个女人干的，想到这里，我立刻翻找报名表，找到她的联络方式，拿出手机，毫不犹豫地按下了号码。已经过了晚上十点，但我根本无暇顾及这些。刚按下通话键，手机里便传来了冰冷的声音。

[您所拨打的号码是空号。]

空号？到底什么样的人会在报名手工课时特意编一个假号码？我愣愣地看着手机屏幕上的"通话结束"，好一会儿才动了动手指，打开搜索软件，在搜索框里输入泰珠的号码。我一般在接到莫名其妙的电话后才会这样做。

几个搜索结果显示出来。我点了最上面的链接，页面转进一个博客中。这是一个宣传京畿道某度假村的博客，最后一篇文章的发布时间是三个月前。

夏日骄阳，湖光潋滟，湖景度假村陪伴您的酷暑时光。
咨询请联系李泰珠×××-××××-×××××

博客主页挂着度假村的全景照片，那是一座老土的建筑，白色墙壁上绘了些蓝色点缀。除此以外，主页还炫耀似的挂着客房内部的照片，装修用的都是花纹壁纸一类早已过时的元素。

我目不转睛地盯着照片，建筑的四楼有个人正倚靠在阳台上，眺望着远处的湖面。整体气质看起来与白天到访的女人非常相似。我尝试放大照片，但由于照片清晰度不佳，我无法看清她的长相。

照片中的女人穿着一身与建筑相配的蓝色条纹连衣裙，一头长发绑在一旁。像这种偏僻又老旧的度假村，应该不会特意雇模特来宣传，即便真的雇了模特，肯定也会拍一张高清的露脸照。我退出博客，在地图软件上搜索湖景度假村。度假村后面缀着两个鲜红的字：停业。

那天，我并没有回家，而是在工坊隔壁的休息室过了夜。那一夜，我在床上辗转反侧。我无法回忆起那个女人的长相——这个想法在慢慢吞噬我。

第二天睁开眼睛，我便给工坊的关联保安公司打了电话。监控必然拍到了女人的脸。尽管保安公司表示可以把监控视频发给我，但我还是想亲自过去一趟。我觉得至少要出去吹点冷风，才能清醒一些。

正贤那边一点消息都没有。现在想来，他从没主动向我道过歉。每次争吵后，焦急不安、主动联系的人都是我。而他，向来都是一脸无可奈何地接受我的道歉。这次不会了。我掏出手机，准备删除正贤的号码。这时，一条凌晨发来的短信显示出来。是正贤的朋友发来的，我们有过几面之缘。

[正贤周末确实是去参加同学会了，而且我也认识泰珠。希望你不要再误会他了。]

我对此嗤之以鼻。正贤的朋友以前也为他打过几次掩护。如果他真以为我会相信这些上不了台面的辩解，那就大错特错了。他现在怎样都已与我无关，我只想看到泰珠的脸。不知不觉间，我到了保安公司。马上就可以看到女人的脸了，我迈着轻盈的脚步走进了办公室。

"没有拍到她的脸。"

我的期待瞬间破灭。

"监控的清晰度本来就不是很好，而且机子太老了，那栋楼附近又有很多死角。从昨晚开始甚至什么都没拍到，我看你们还是趁此机会赶紧换新的吧。"

说着，保安公司的员工便将静止画面放大到最大。那时正好刚下课，由于摄像头像素过低，画面中所有事物的棱角都很模糊。但我总感觉那个女人走出工坊时，那张模糊的脸上挂着笑容。

最后，我徒劳而归。拉开工坊的门，新贴的传单与杂乱的通知单掉落在地。我弯腰捡起，将有用的和要丢掉的分门别类放好。就在这时，我看到了一个奇怪的东西。

湖景度假村的宣传单。一张布局杂乱的传单而已，却让我感到一丝寒意，捏着传单的指尖不自觉地用力。已经停业的度假村是不可能对外发放传单的。如果上面写了恐吓的话，我反而不会觉得有什么。翻看传单的背面，什么都没有，只是一张普通的传单而已，最下方印着一行大大的黑体字：

咨 询 请 联 系 李 泰 珠 室 长：× × ×－
× × × ×－× × × × ×

正是我之前打过的那个号码。我直勾勾地看着传单上散发着阴森氛围的度假村全景图，它与我此前在博客上看到的是同一张照片。那个女人倚靠在四楼的阳台上，我仔细观察女人的剪影，发现了一个不协调的地方——博客中的女人明明是侧身眺望远方，而传单中的女人却是正面直视镜头，就像在凝视着谁一样。我慌忙掏出手机查询浏览历史记录，找出博客地址点了进去。

您访问的网站已过服务期。

网站空空如也，昨晚还能看的文章全都消失了。事已至此，我心里竟涌起莫名的胜负欲。我在导航里输入度假村的名字，确认了它的地址。对方为什么要给我一张停业度假村的宣传单？正常来说，发放传单是为了招揽客人——这时，我才注意到传单上方印着的邀请语——夏日骄阳，湖光潋滟，湖景度假村陪伴您的酷暑时光。

心脏开始剧烈跳动，冥冥之中，我觉得这张传单就是一张邀请函。怀疑慢慢演变成确信，会不会是那个女人在呼唤我？如若不然，她没有理由徘徊在我的周围，侵蚀我的神经。那个没有脸的女人正在呼唤我，呼唤我前往湖景度假村。

4

通往度假村的路七扭八拐，昏暗又狭窄，我到达时已是夜里九点。将车随意停在路边，我便下了车。

整栋建筑栖身在一片黑暗之中，唯一亮着灯的四楼客房在夜色中格外惹眼。我静静看着那道隐约的黄色灯光。阳台的门被推开，一个穿着连衣裙的女人走了出来。

女人双臂撑在栏杆上，呆呆地望着天空。她的姿势与照片中如出一辙。瞬间，我有种进入低画质世界的错觉。我集中注意力，想看清女人的脸，可周围的环境太暗了，怎么都看不清。嗓子开始发痒，眼见就要咳嗽起来了，我急忙用手捂住嘴巴。不知什么时候，女人的手臂离开了阳台栏杆，她直起了身子。

那张脸再次消失在黑暗中，客房里泛出的灯

光给它蒙上了一层深色的影子。尽管如此，我依然能清楚地感受到她投向我的视线。就像在邀请我一样，女人一点点向后退着，直至整个身影隐没在房间里。

她一定是在邀请我，我深信不疑。我的到访是得到了许可的。我大步向建筑跑去。大厅里一片漆黑。电梯没有投入使用，我转头奔向楼梯。

以前，我有过这么冲动的时候吗？离四楼越来越近，我的脑袋里开始响起"哐、哐"的巨大噪声。是姨妈砍下鱼头的声音，是厚重的刀敲击在木砧板上的声音。生鱼肉绵软的触感，比目鱼瞪得滚圆的眼珠子，卡在喉咙里十七年的刺……阻拦我意愿的一切和那些我没能说出口的话语，交织在一起，变成一根刺留了下来。那根刺再一次在喉咙里膨胀，刮刺着我脆弱的部位。

过去的场景与话语在脑海沉浮，我奔跑着，追寻着那些声音，冲向那混沌消散、一切变得鲜明的瞬间……

等等，那些声音真是从我的脑海而来吗？

我停在 403 号房门前，一时间竟无法动弹，就像被定住了一样。门内传来"哐、哐"的声音，前一秒还在脑袋里肆虐的冲动瞬间平息了下来。黄色的灯光从门缝里渗出，不知怎的，空气中似乎还弥漫着一丝腥味。是因为这里紧挨湖边吗？这腥味是闷闭而陈朽的湖水味吗？我不知是该进还是该退，只得将手指放在了门铃上。已经走到这里，不能回头了。就在这时，门打开了。一张脸正静静地端详着我。

"欢迎。"

女人露出了明媚的笑容。

○

绑成一束的黑发与白皙的肌肤依次滑进我的眼眸。我急忙确认女人左耳耳垂，上面有一颗鲜明的痣。一股强烈的喜悦直冲天灵盖，让我不禁想要欢呼着抱住眼前的女人。女人率先伸出手，用很是亲切的语气和我打招呼。

"我们不是第一次见吧？"

我缓慢地点了点头，高兴得就像是见到了老朋友。我伸出胳膊，准备握上女人的手。就在视线不经意下移的那一刻，我愣住了。泰珠的手像是浸过红油漆一样鲜红。她看了看自己的手，急忙说道：

"啊，不好意思。"

她的双手在连衣裙上胡乱地擦拭起来，我依然愣在原地。直到这时，我才发现另一个事实——她身上那件因逆光而显得有些暗沉的裙子也同样泛着一片红光。

我再次陷入恐慌。现在逃离这里还来得及吗？身后的走廊充斥着黑暗，谁都不知道里面会有什么。这里真的是现实世界吗？眼前的女人是真实的吗？我一把握住泰珠鲜血淋漓的手，我能真切地感受到她瘦削的手，抚摸到她的肌肤。不知是出于安心还是恐惧，我呼出一口气。泰珠的手温柔地包住了我的手背。

"快进来吧，我一直都在等你。"

泰珠领我走进房间，迈过门槛，踩上了柔软的地毯。房间内的灯光虽然昏暗，却很温暖。泰珠轻声哼唱着陌生的曲调，我们就这样走到了客厅。

有尸体赫然摆放在客厅里，应该是三具。每一具都被砍断了脖子，脑袋也碎裂开来，完全无法识别长相。我扯了扯嘴角，干巴巴地挤出笑容。我难道真的疯掉了？这些都是我的想象？我深吸一口气，闭上眼睛。空气里的腥味愈发刺鼻。泰珠走到我身边，哼唱一般在我耳边低语道：

"这可不是梦噢。"

我睁开眼睛，客厅的景象没有任何改变。一阵恶心翻涌而至，我用双手捂住嘴巴。可就算张开嘴巴，我也发不出一点声音。突然，一声惨叫打破沉默，不是出自我，而是出自其他人。

"救我！请救救我！"

是正贤的声音！我转身看向惨叫声传来的方向，那是一个小房间，一扇推拉门把它与客厅分隔开来。小房间里，正贤被绑在椅子上，双眼也被蒙住了。他挣扎的模样让我不由得想起姨妈手中即将变成生鱼片的活鱼。正贤的呼救声响彻整个房间。

我吓得急忙后退。脚后跟不知撞到了谁的手臂，我双腿一软，跌倒在地，一声短促的尖叫从嘴巴里脱出。手掌撑在浸满鲜血的地毯上，黏稠又鲜红的液体顺着手指的缝隙溢出来。我一边像濒临死亡的野兽般发出呜咽声，一边慌张地向后挪。就在这时——

"彩媛？是彩媛吗？求你救救我，求你了，好吗？"

我的名字从正贤的嘴里蹦出来。他拼命扭动身体，不停地大喊我的名字。这还是他第一次如此心急如焚地叫我。然而，我什么都做不了。我只能用沾满鲜血的双手环住膝盖，不由自主地颤抖着。我好想将自己的存在从这里抹去，就像自己从没来过一样。我好想上前捂住正贤那张不停呼唤我的嘴巴，总觉得只要能让他安静下来，我在这里的事实就会随之一起被掩埋。

我瞪着正贤，表情极度扭曲。我太想把他那张嘴缝起来了，或是干脆整个撕掉。

泰珠一直都在看着我。她手上握着一把厚重的鱼生刀，不紧不慢地向我走来。我就像个孩子，把自己缩成一团。走到我面前的泰珠亲切地将刀递给我，她那张苍白得像纸一般的脸，在温柔地示意我接下刀。

"现在可以做出选择了。"

我凝视着泰珠递来的凶器，对着我的不是刀尖，而是刀柄。我皱着眉头冲她摇了摇头。泰珠没有催促，她似乎早猜到了我的选择。我不停地摇着头，喉咙突然刺痛起来，咳嗽一个接一个，比平常激烈得多。我抓住脖子，在地板上翻滚起来。

一直在旁静静看着我的泰珠收回厚重的鱼生刀，将它放在地上。随后，她一边看着我的眼睛，一边蹲坐下来。泰珠的双眼出现在我面前，我不敢与之对视，只能将视线落在她耳垂的那颗痣上。

　　她突然伸出胳膊，抓住了我的下巴。其间，我急促的咳嗽衣然没有停。紧握我下巴的手毫不留情地捏开了我的嘴，泰珠开始观察漆黑的口腔内部。突然，她用满是同情的口气喃喃自语道：

　　"真是个可怜人。"

　　我瞪大眼睛看着她，像个哮喘病人般不停喘着粗气。泰珠的视线依然固定在我的口腔内，并用另一只手温柔地抚摸我的后背，我的呼吸慢慢平缓下来。

　　我直视眼前的泰珠，看向那双我一直都在逃避的浅褐色眼瞳。她回了我一个微笑，将抚摸我背部的那只手收到前面来，挂钩一般的手指抵开了我的嘴，使其最大限度张开，又勾住我的下巴往前牵。

　　两根纤细修长的手指侵入了我的口腔，它们越过上颚及舌根，到达更深处。神奇的是，我一点恶心的感觉都没有。突然，喉咙像是被撕裂一般剧痛起来，迟到的呕吐感让我不自觉弓紧了上半身，我感觉自己甚至能把内脏都吐出来。我撑着满是血迹的地板，咳个不停。过了好一会儿，伴随着火辣辣的痛感，有什么东西从嘴里蹦了出来。

是一根鱼刺，一根白色的小细刺。原来这根刺真的存在。

我用颤抖的手将鱼刺捡起来，它有大拇指的一个指节那般长，薄且尖锐。我将白晃晃的鱼刺举到昏黄的灯光下端详起来。

就像肺里进了冷空气，我突然大笑起来。我也不知道为什么，但就是想放声大笑，想捂着肚子在地板上来回翻滚。我抬头看了看泰珠，泰珠也在看着我。紧接着，耳边传来厚重的铁制品在地上拖曳的声音。

"存在的就视而不见，不存在的就凭空捏造，大家不都是这么过的吗？"

泰珠不慌不忙地用白皙纤细的手抓住我的手腕，步伐轻盈地拉着我走到正贤面前。扣在我手腕上的食指戴着之前她在工坊里亲手制作的银戒指。一种奇妙的满足感涌上我的心头。

不知何时，一把笨重的鱼生刀出现在我的手上，与很久以前姨妈用的是同一种。这把刀仿佛原本就属于我，木制的刀柄很是贴合我的手掌。泰珠绕到正贤身后，握着他的下巴，将他的头往后拉。正贤被迫伸得笔直的脖子吸引了我的视线。我看向泰珠，泰珠回了我一个灿烂的笑容。

"你可以吗？"

她的询问给我一种奇特的安全感，我点了点头。这一切看起来是那么自然，甚至让我产生一种与另一个自己在一起的错觉。我听从了泰珠的意思，高高举起手中的凶器，没有任何的顾虑与不安。

接着，挥了出去。

咔嚓——随着刀刃刺破硬物的声音，滚烫的鲜血飞溅到了我的脸上。

我凝视着正贤，他就像被砍了头的鱼一样，以后仰着脑袋的姿势结束了生命。泰珠瘫坐在地上，"咯咯咯"地笑了很久。

我与泰珠一起把尸体搬了下去，将它们整齐地堆在停在度假村前的小型汽车里。等我们忙完，已是凌晨时分。太阳缓缓升起，浓雾笼罩着黑暗的森林。我的双手与衣服上都沾满了鲜血。

我做了一个深呼吸，凌晨清凉的空气扫过浮肿的喉咙。我轻轻闭上眼睛，昨夜的事还历历在目，萦弥于周身的血腥味，缠绕在手上的厚重触感……直到感知到身上残留的腥臭，我才终于忍不住低声呜咽起来。

○

整理好心情，我又回到自己的车上。脸上就像仔细擦洗过一样干净清爽，心情无比舒畅。停车场里只停了我的车。我抬起头，看到了后视镜里的自己。我对着镜子张大嘴巴，只有红色的口腔内部与一个漆黑的洞。没有任何异物感。那么大一根刺，竟然就这样掉了。我难以置信地对着镜子照了许久。

我合上嘴巴，望着镜子里自己完整的脸，先将披散着的头发绑在一起，又把蓬乱的侧发别到耳后。随后，一个奇妙的东西闯入我的眼帘，我凑近镜子，左耳耳垂上赫然有一颗鲜红的痣。是血迹。我盯着它看了许久，然后用大拇指的指腹轻轻揉搓起耳垂来。远远看去鲜明得就像一个洞的红痣，便很轻易地消失了。

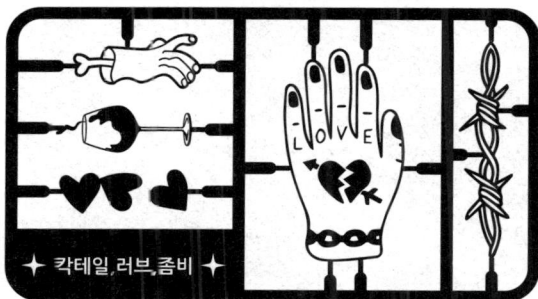

爱，鸡尾酒与行尸走肉
Cocktail, Love, ZomBi[1]

칵테일, 러브, 좀비

爱，鸡尾酒与行尸走肉
Cocktail, Love, ZomBi[1]

"爸爸现在太奇怪了。"

"你爸怎么了？"

"丧尸！他变成丧尸了！"

---

1. 西非地区和海地信仰的伏都教中的蛇神，另指借超自然力量还魂的尸体。电影史上第一部丧尸片《白魔鬼》（*White Zombie*，1932）中，丧尸就是海地伏都教巫术催生的。

1

这个周日的清晨一如往常，至少表面看上去是如此。泡菜豆芽汤的辛辣刺激着嗅觉，耳边不时传来餐具碰撞的声音。

珠妍一边蹂躏着无辜的饭粒，一边看着坐在对面的妈妈，握着勺子、把饭舀到汤里的那只手上凸起遒劲的青筋。

"你怎么不吃饭？"

在妈妈的询问下，珠妍放下勺子。

"要是现在还能若无其事地吃饭，那才更奇怪吧？"

妈妈给珠妍夹了一片泡菜。

"有什么奇怪的！"

珠妍指了指坐在正方形餐桌前的爸爸。脸色苍白的爸爸正缓慢地眨着眼睛，在空荡荡的碗里拨动着勺子，眼神涣散，周身萦绕着隐隐的馊味。珠妍努力压抑内心不知是愤怒还是恐惧的感情，故作冷静地说道：

"爸爸现在太奇怪了。"

"你爸怎么了？"

"丧尸！他变成丧尸了！你觉得他还活着不成？"

妈妈的手停了下来，珠妍这时才发现，妈妈碗里的饭也并未见少。妈妈双眼通红地看着珠妍，没说一句话。爸爸依然在对着空气比画着什么。啪嗒，干燥的汤匙刮碰陶瓷碗的声音让氛围重新平静下来。妈妈终于还是开了口：

"他怎么不是活着的？喝上一夜的酒，凌晨坐首班地铁回家睡一整天，又睡到凌晨起来看足球比赛，看完坐在饭桌前催早饭，他不是你爸是谁？他只是病了，很快就能好起……"

妈妈扭过头，还是没能把话说完。她深呼吸了几次，站起身整理餐桌。

"不想吃就起来。老公，你也起来吧。"

妈妈一把夺过爸爸手里的勺子。爸爸凝视了一会儿空荡荡的手，便歪着身子向里屋走去。短短几步路，他踉跄了好几次，却神奇地没有摔倒。妈妈将餐具端到洗碗池，自言自语起来：

"该死的糟老头，吃那么多反而瘦了。"

严格来说，爸爸并没有进食，丧尸吃不了人类的食物。珠妍没有特意反驳妈妈，反而附和了她的抱怨。

"爸爸这样厚颜无耻又不是一天两天了。"

珠妍本想帮妈妈洗碗，但妈妈却以洗碗池太小，挤不了两个人为由，将她赶回了客厅。她只能坐在沙发上，打开电视。电视里正在播放有关昨夜事件的新闻。

"关于病毒的传播途径，暂无任何研究结果。请各位市民尽量避免室外活动……"

新闻没有具体提及丧尸病毒的传播途径和发病症状，只是简单地播报了几条注意事项。茫然的感觉让珠妍烦躁不已。她一边感受着周末清晨和煦的阳光，一边思考未来会发生的事。

正常来说，丧尸的出现预示着世界的灭亡，珠妍看过的丧尸电影无一例外都是如此。想要避免灭亡，只有靠拥有超乎常人的正义感、体力和头脑的英雄找到疫苗。然而，现实中并不存在什么英雄，所以这个世界终将灭亡，而且会很快。即使世界不灭亡，至少出现丧尸的首尔，乃至整个韩国也会灭亡。嗯……即使韩国不灭亡，至少他们家也必定玩完了。不对，他们现在已经玩完了！珠妍想起初中时写的日记，里面就充斥着"玩完"二字。对了，现在重要的并不是这个。珠妍好不容易才抓回到处流窜的思绪，重新整理起眼前的情况。

　　昨天开始，丧尸出现在了首尔各处。官方报道的第一个丧尸是个体户B某，他在医院的急诊室里攻击了他的妻子C某和医生，逃跑时被警方击毙。医生从B某体内共取出十二发子弹，据目击者说，在眉间中了第十二发子弹之前，他一直都在动。

　　同样的事情还有三例。

　　时间回到昨晚。在珠妍与辅导机构的同事聚餐期间，整个白天都深受宿醉折磨的爸爸突然口吐黑血，失去了意识。妈妈赶忙打了急救电话，但她一直没有等来救护车。珠妍烂醉如泥地回到家中时，爸爸的嘴唇和牙齿都已变得乌黑。妈妈手中握着手机，茫然地坐在漆黑的客厅里，好像丢了魂。

"你爸他……好像病了。"

新闻报道中的丧尸均被射杀了。妈妈不忍心看到爸爸也变成那样，认为国家总能有什么办法，所以直到国家拿出对策之前，她想先让爸爸留在家里。珠妍默许了。也许会有人觉得她们愚蠢，指责她们的做法会危害人类，但又有多少人能亲手送自己的亲人去死呢？就算那是一个自己一直埋怨不已的亲人。

○

爸爸变成丧尸的第三天，珠妍发现了一个事实：丧尸会重复生前的作息。每逢饭点，爸爸都会坐在餐桌前，示威般地向妈妈讨要食物，明明他根本吃不了。每每看到爸爸这样，珠妍的心情都无比烦闷。好吧，丧尸当然会饿了，可是她们又不能真给他端人肉上桌。

"是不是该把他绑起来呢？"

"绑起来？你说要把你爸绑起来？"

妈妈像听到了什么不可理喻的话一样反问珠妍。珠妍叹了口气，抬手将头发揉乱。因为不忍心让妈妈独自扛起照顾爸爸的重任，她已经三天没去辅导机构上班了。虽然请了假，手头也没什么紧急的工作，但她也不知道自己这样还能坚持多久。

即使爸爸成了丧尸，生活也要继续下去，前提是得有生活费。妈妈是家庭主妇，自己在升学辅导机构上班。尽管在这里工作了很久，但她很清楚这是一份不稳定的工作，所以她早动了攒钱念研究生的打算。可现在这个情况，她也拿不定主意了。身旁的妈妈一边盛饭，一边说道：

"没关系，会好起来的。"

不会好起来的。珠妍认为他们家已经完了的理由就是生活费，爸爸每个月按时领回家的钱，那该死的钱。珠妍赚回来的钱只能应付母女俩当下的生活，压根无法奢望存下来，别说为养老做准备了，也许连最低生活标准都达不到。就算她从辅导机构离职，另寻高就，只要无法奇迹般地入职大企业，她们的情况就不会有太大好转。

妈妈到底是怎么想的呢？家里究竟有多少积蓄？难不成得卖掉房子出去做点小生意？那如果失

败了怎么办？珠妍越想越迷茫，越想越绝望。她面无表情地盯着电视，沉默着换台。所有频道都在播差不多的内容。

"市内发生难以置信的丧尸伤人事件，暂时无法确定第一批丧尸病毒感染者数量。现急需各位市民迅速做好应急措施，积极协助公务人员。如遇丧尸，请拨打 999 举报，请各位市民务必牢记在心。"

爸爸感染后的第三天，国家才发布关于丧尸的正式公告，表示暂未查明感染源。新闻播出公务人员穿着杀气腾腾的防护服穿梭在城市各个角落的画面，可仍然一点有用的信息都没提及。丧尸电影里，一旦出现感染者，世界便会乱套。现实中的病毒是不是危害太小了？她站在公寓阳台往下望去，街道和往常一样平静。除了偶尔传来的警铃声，以及街头多出的武装警察，世界并没有多少改变。

这么快又到饭点了？她看到爸爸从里屋走了出来。珠妍凝视着正在一点点腐烂的爸爸。他面对空空如也的碗、颤抖着拨动勺子的模样让她心酸不已。这寒碜的模样看起来与之前似乎并没两样，让她甚至产生了短暂的疑惑：爸爸真的已经"死"了吗？

除此以外，爸爸也会重复生前其他生活模式——周末睡到下午四点，无所事事地按着电视遥控器，偶尔还会拿出一本书倒举在手中。最难搞的是工作日的早上。爸爸会胡乱给自己套上一件西装外套，说什么也要出门上班。珠妍和妈妈会早早起床，用高尔夫球棒、头盔与绳索武装自己，阻止爸爸上班。每天早上都是一场恶战。

珠妍还差点被反抗的爸爸咬到。网上流传着许多关于第二轮感染的怪谈，每一个都很逼真。在这身不由己的假期中，珠妍时常会在网上检索"若成为第二批感染者，是不是自杀会比较好"之类的问题。

○

爸爸感染的第七天，一个星期六的清晨，最让人难以接受的情况还是发生了。也许是因为已经饿到濒临极限，爸爸试图撕咬正在收拾厨房的妈妈。

好在从洗手间出来的珠妍及时将椅子甩在他身上，制止了他，要是稍晚一步，就真的大事不妙了。

爸爸被珠妍扔来的椅子砸中了腰，在原地挣扎了好久都没能站起来。珠妍前往储藏室，拿出了绳子与胶带。

"没办法了，妈，必须要把他绑起来。他已经不是我们熟悉的那个爸爸了。他随时可能再次攻击我们，被丧尸咬了自己也会感染的，你也看过《僵尸世界大战》[1]吧？"

"……"

爸爸腐烂得越来越厉害，身体散发的恶臭已经无法再用香薰与通风换气来掩盖，一直未能进食也让他越发暴躁，而新闻依然只字不提疫苗的进展。珠妍握住妈妈的手，低声说道：

"妈，我们真的要打起精神来。"

妈妈叹了口气，点了点头。

那天傍晚，珠妍与妈妈紧紧抓着绳子两端，等待爸爸坐到厨房的餐桌前。影子在夕阳的拉扯下渐渐变得斜长，到时间了。爸爸一瘸一拐从里屋走进

1　《僵尸世界大战》(*World War Z*)，2013 年上映，由马克·福斯特导演。讲述丧尸病毒大爆发后，少数幸存者绝境求生的故事。

厨房，抽出椅子坐了下来。他随意拿起筷子，拨弄面前的空碟子。在旁看着的珠妍起了恻隐之心，但她还是将绳子套向了爸爸的头顶。粗重的绳子快速缠住爸爸的上半身，爸爸像掉入陷阱的野兽一般挣扎起来。珠妍迅速用在登山社团学到的手法给绳子打上了结。

忙完之后，珠妍和妈妈全身都被汗水浸湿了。被她们禁锢在椅背上的爸爸就像一个被绑架的人质，手上还死死地握着那双筷子。珠妍眼也不眨地将筷子抢了过来。

"你又吃不了东西，一直握着它做什么？"

"啊啊！啊啊！"

爸爸剧烈晃动着身体。看到爸爸空洞的眼神，珠妍无奈地放低了声音：

"对不起，爸。可我们也没有办法，总不能为了你去杀人吧？你再坚持一下吧，总能找到办法的。"

珠妍也只是嘴上说说而已，她完全看不到希望。爸爸的心脏早已停止了跳动，又有什么疫苗能起作用？早从几天前开始，珠妍的脑袋里便一直重复着那个声音——"如遇丧尸，请拨打999举报"。

与妈妈合力将爸爸连同椅子一起搬到里屋后，珠妍回到客厅打开了电视。最近她们看电视的时间越来越多，之前追得一集不落的周末电视剧早已停播，取而代之的是紧急新闻。

"现已查明丧尸病毒的感染源。在江南一家汤饭店里发现的……"

2

爸爸到底是怎么变成丧尸的？其实这才是珠妍最想知道的。因为在变异之前，爸爸只是度过了对他来说极其普通的一天：下班后与几个同事到烤肉店吃晚饭，吃完就去 KTV 唱歌，然后再去啤酒屋小酌一杯，最后赶在凌晨首班车运营前去校友开的汤饭店里醒个酒。虽然他贪杯，而且固执得无法交流，但也只是个常见的父权大家长，从没惹出过什么大事。他在制药公司上班，人前是个老实本分的职场人士，在家里却像皇帝一样颐指气使，很典型的不到六十岁的庆尚道男人做派。

难道问题出在这里？因为爸爸上班的那家制药公司？丧尸病毒好像都是这么传播的，她随时都能列出几部讲述制药公司的阴谋导致全世界面临危机的末日电影。

可这病毒的传染性未免也太弱了吧？而且尽管爸爸在制药公司干了很多年，也没有爬到可以接触丧尸病毒的级别，他只是个跑业务的。

珠妍想破脑袋都没想出个所以然来。那天的爸爸只不过是喝了一整晚的酒，烂醉如泥，除此以外，没有任何异常之处。

"相关部门表示，现已查明丧尸病毒的感染源正是该汤饭店供应的蛇酒。寄生在野生爬虫类动物体内的变种寄生虫入侵了饮酒者的身体。希望各位观众现阶段不要服用蛇酒等浸泡酒。卫生部将在十点举行正式的新闻发布会。"

现在才说问题出在酒上，真是荒唐——珠妍看着电视里的新闻这样想道。摇晃的镜头正对着滚倒在汤饭店地板上的透明酒缸，一条蛇蜷缩在里面，它大得简直不像真蛇，倒像个模型。

用活蛇浸泡而成的酒，蛇酒。珠妍哑然失笑，她知道这时候不该笑，但她发现妈妈的反应也与自己大同小异。母女俩看着彼此，笑了出来。到头来，还是因为该死的酒。

据说那条蟒蛇活了很久，体内的寄生虫在接触酒精后一直没有死去，反而进化了。它们侵蚀饮酒人的大脑，寄生在感染者的头颅里，让他们的器官逐渐腐烂，将他们变成失去人性和理智的丧尸，进而操控比自己庞大数百数千倍的生命体。

珠妍想起，自己看过拍摄蛇酒制作过程的纪录片。纪录片中提到，为了让蛇的"精气"彻底融入酒液，蛇必须要在活着的状态下被塞进酒缸。爸爸怎么连那么恶心的酒都下得了嘴？这种对爸爸毫无意义的埋怨，渐渐让珠妍委屈起来。为什么明明每次惹是生非的都是爸爸，痛苦的却是她和妈妈？

绝不拒绝别人劝的酒，这是爸爸毕生的信条。他一周里至少有三天都会醉眼迷离地回家，和珠妍念叨什么因为接了别人劝的酒，喝着喝着便喝到了这一步。当时还在青春期的珠妍并不能理解爸爸的说辞。

"别人劝的酒就都得喝掉吗？喝不下当然要拒绝了！"

喝下那杯蛇酒，也是爸爸的一次无可奈何吗？珠妍怎么想都觉得，那只是他找的借口。爸爸是一个喜欢为自己找借口的人。不熟悉股票赔了钱后，他找借口；当着别人的面嘲讽一周才出门一次的妈妈是个命好的贱婆娘后，他找借口；把妈妈气哭，又将全家旅行时买的大象木雕扔向妈妈后，他找借口；甚至在被发现把手机里一个女人的号码命名为和家里往来不多的大姑父时，他也找借口了。珠妍望向再也无法找借口的爸爸，心里嘲讽道：

"找的什么破烂借口，看看你自己，现在变成丧尸了吧！"

新闻的最后一个画面是蛇酒和寄生虫在显微镜下的放大照片。珠妍呆呆地看着画面中缓慢移动的寄生虫。它们薄如发丝，表面却有各种细胞在蠕动。那么小的生物都会进化，都会为了生存而变异，可我们为什么还是这副模样呢？

珠妍关掉电视，里屋又传来了呻吟声，吵醒了睡在沙发上的妈妈。妈妈揉了揉眼睛，嘀咕起来：

"你爸可能又饿了吧。"

○

　　辅导机构的课程会从下午六点持续到晚上十点。珠妍紧了紧爸爸身上的绳索，还是有点不放心，又为他铐上了自己从网上买的手铐。也不知妈妈在想些什么，整天都愣愣地坐在家里发呆。即便现在已经不需要她准备一日三餐了，她仍然不愿迈出家门。珠妍突然感到有点胸闷，逃似的离开了家。

　　街头一个行人都没有，车道上却挤满了车辆，现在人们已经恐慌到再近的距离也选择开车出行。珠妍今天出门有点早，她打算一路走到辅导机构。走着走着，她不禁再次感慨起韩国人对升学的执着和狂热，在如此时局之下，辅导机构也依然不停课。珠妍一到辅导机构就去找了校长，主动表示自己愿意担起这个时间段的全部专题课。每到开专题课的时期，辅导机构都苦于人手不足，因此校长欣然接受了珠妍的申请。

　　课堂上发生了一次短暂的骚动，起因是电视里的新闻速报。速报上说，政府已经掌握了汤饭店里的首批感染者信息，将在今晚十一点发布第二批感染者的临床研究结果。可想而知，即将发表的名单里必然有爸爸的名字。

政府会派人过来吗？我们是不是得把爸爸交出去？网上流传的怪谈中也有政府为了研发疫苗，正在到处抓感染者回去进行人体实验的说法，珠妍并不认为这是空穴来风，毕竟现在的情况已经足够离奇。珠妍合眼稍作休息，明明什么都没吃，她却觉得肚子里胀得厉害。

下了班，珠妍也决定步行回家。晚上十点，她走在充斥着辅导机构的街头，身边挤满了前来接孩子回家的车辆。各种声音向她传来：有的在询问成绩，有的在夸赞孩子，有的在谈论钱的问题……疲惫与抱怨、担忧与爱意相互穿插，正是无数个家庭的声音。

珠妍开始思考，家人对自己来说究竟是什么呢？她爱爸爸吗？她爱，但并不是只有爱。在他随意欺侮妈妈、认为只有自己才是对的、固执己见的时候，她也常常产生不想再见到他的想法。老实说，讨厌爸爸的时候更多。对妈妈也是一样。她很爱妈妈，但她无法理解与爸爸一起生活时的妈妈，有时甚至会有"恨铁不成钢"的感觉。当妈妈把在爸爸那儿受的气撒在自己身上时，珠妍觉得她和爸爸一样讨厌。

尽管如此，在大多数情况下，珠妍也还是会笑着面对他们，用他们的钱考大学，用他们的钱生活。她偶尔还会对爸爸妈妈说"我爱你"。她很清楚，父母对自己的爱其实比任何人都多，所以有时甚至讨厌起这样的自己。原来铺垫在所有憎恶最底层的，仍然是爱。

所有的家庭都是这样的吧？只有爱没有恨的家庭应该只存在于电视里吧！但那些都是假的。因为她知道，只有适当的虚伪才能维持世界的运转。

呼吸着夜间寒冷的空气，珠妍感觉神清气爽多了。远远看到妈妈与丧尸爸爸生活的公寓，客厅隐约透出灯光，看来妈妈还没睡下。珠妍做了一个深呼吸，按下电梯按钮。是时候结束虚伪了。

打开大门，香薰蜡烛的人造花香与里屋发出的酸腐味混合成的诡异气味扑鼻而来，尤其在珠妍外出了一整天之后，显得格外浓郁。妈妈开着电视，孤零零地坐在昏黑的客厅里，和珠妍离开时的状态是一样的。珠妍走近无精打采的妈妈。

"妈，我们把爸送走吧。"

妈妈只是惴惴地握着遥控器，没有言语。珠妍抢过遥控器，关掉了吵闹的电视机。客厅里寂静无声，妈妈的声音是那么微弱。

"我……我也不知道了。"

"妈。"

"你爸不在了，我们要怎么过下去？"

"我们要学着过好自己的生活。"

妈妈无声地凝视着珠妍，珠妍揉着隐隐作痛的额头。

"你看到今天的新闻速报没？公务人员很快就会上门来确认爸的情况了。他已经没救了。"

妈妈叹了口气，强忍着泪水说道：

"我害怕，珠妍。没了那个粗鲁的糟老头，我要怎么活下去？"

"那也没办法啊。"

"是没办法，你说得对。"

妈妈点了点头，仿佛默许了将要发生的事。然后她抬起头，仰视珠妍。

"我有时候会觉得……你真的很像你爸。"

客厅里安静得可怕。妈妈不停用手揉搓着脸颊，珠妍则是一脸发蒙地坐在妈妈面前。不知过去了多久，妈妈终于安抚好自己的情绪，打破了沉默。

"今天你出去上班的时候，我接到了一通电话。"

"谁打来的？"

妈妈掏出手机递给珠妍，对方是爸爸的同事，珠妍曾见过几次。

"他说公司愿意在规定的基础上多给我们一些离职补偿，只希望我们能在消息传出去之前将你爸处理成病死或者是事故死。"

"离职补偿……"

"那家公司不想再引起任何话题了，这还用说吗？公司里都要乱套了，至今为止的感染者全是他们公司的员工，偏偏他们还是一家制药公司，外面当然会议论纷纷了。"

珠妍点了一下对方发来的图片，是一张名片的照片，红底上印着一排老土的黑体大字：

从死亡到火葬，一站式丧尸处理服务！

——乙殡葬公司

"这是什么？"

珠妍失神地问妈妈，妈妈回答的口气近乎虚脱：

"还能是什么，他让我们打这个电话，说会有人来处理你爸呗。"

珠妍想起来了，自己这几天在网上看到过相关信息，最近有人开辟了这种生意。当然，感染者的亲属要付相应的报酬。据说，若是将感染者交给政府，亲属最后连尸体都要不回，这个传闻早已成了公认的事实。所以大部分想要给丧尸亲人留个全尸的人都会选择这种私人服务。妈妈又开始在旁嘟囔起来：

"我给他收拾了一辈子的烂摊子，到头来，死了还要我推一把。对了，今天政府是不是要发表什么？快把电视打开吧。"

妈妈的眼睛里满是血丝。珠妍捡起地上的遥控器递给她，她用力按下开机键，殷红的血都涌向了指尖。珠妍突然明白了，在很长一段时间里，妈妈应该都是这样熬过来的——使出全身力气，强压住内心瞬间涌上的各种感情。

电视里正在直播新闻发布会现场，十五个穿着研究服的专家坐在一起，其中看起来年岁最大的人站起来，走问讲台。

"首批感染者引起的二次感染率是50%，目前暂三发现其他影响感染的因素。首批感染者牙齿里分泌的细菌与非感染者的血液混合时会发三反应，被感染者的嘴唇与牙齿会出现发黑的症状。若看到有类似症状的人，请立刻拨打99c进行举报。"

专家用各种难懂的专业用语与图表进行了说明，但最终框括起来不外乎就是以上内容。专家结束说明后，记者们接连不断地提出有关疫苗的问题。专家表示，在研发疫苗的同时，他们也会致力于感染者的隔离工作，然后便结束了发布会。妈妈关掉电视，在客厅里整理被子。

"明早打过去问吧。"

妈妈裹着被子，背靠珠妍躺下，她看起来是那么的弱小，和珠妍心里以前那个妈妈完全不一样。自从里屋被爸爸占据后，珠妍和妈妈便一同睡在了客厅。也是在爸爸变成丧尸后，她才知道妈妈在睡觉时也磨牙。

3

"等等，这和你昨天说的不一样吧！"

[昨天的承诺不算数了，这是上面的决定，我们也没办法，也很抱歉。但这已经是既定的事实，改不了了。]

珠妍烦躁地挂了电话，她怕再听下去自己真的会说出粗话来。

"他说离职补偿只能按照规定给。明显是因为首批感染者的名单公开了，政府会出面处理，所以他们不想贴太多钱了。"

珠妍早上一起来便打给了爸爸就职的公司，谁知公司一夜之间变了说辞，表示只能按照规定支付离职补偿。

起初珠妍并不在乎离职补偿的金额，但在问了殡葬公司的收费标准之后，她彻底改变了主意。这些公司的收费标准高得超乎想象，她需要钱。结果她只能放弃正规殡葬公司，转而选择私人公司。好不容易找到一家价格公道的公司，但对方的服务只包括提供工具并协助举行葬礼，处理丧尸的环节还是得自己上手。

珠妍焦急地计算着即将进账的钱与未来的开销。爸爸在制药公司工作的年头不短，相应的离职补偿可以用来委托一家不错的殡葬公司；可如果真用在这上面，以后母女俩的生活便成了问题，因为根本剩不下多少钱让她与妈妈开始新生活。

里屋传来了咆哮声，饥肠辘辘的爸爸变得一天比一天凶暴。楼下的邻居已经因为噪声的问题上来找过好几次了。不能再拖下去了。珠妍一脸复杂地自言自语起来。

"怎么办？"

与其说这是寻求答案的提问，不如说更接近心烦意乱下的抱怨。这时，一直都在默默看着珠妍的妈妈突然站起身，向厨房走去。她在碗柜里翻找了很久，回来后递给珠妍一个东西。是一本存折。

"这是我存的应急资金，本想等你结婚时再给你的。先拿去用吧，你爸的离职补偿和保险金还是先存下来吧。"

珠妍定定地看着妈妈递来的存折，至于金额多少，她压根没往心里去。妈妈拿起珠妍的手机，打开刚刚的通话记录，漫不经心得就像在点一碗炸酱面。

"我们是刚刚打来咨询的人。我们决定好了，想和您那边定个日子。"

她们将送走爸爸的日期定在了三天后。

第二天，好久不打扮的珠妍简单化了个妆，带着妈妈一起出了门。她们先去银行将定金汇了过去，收到确认短信后，又取了点现金，以便结束后支付尾款。中午，珠妍带着妈妈去吃了好久没吃的意大利面。妈妈虽然觉得不好吃，但却表示很开心，心情轻松了不少。下午母女俩又去了书店，买了妈妈之前帮珠妍看好的资格证备考教材。

"都忘了咱们俩有多久没一起出来了。"

"是啊！"

珠妍紧紧靠在妈妈身旁，和妈妈肩膀贴着肩膀。看到她这个样子，妈妈抿着嘴微笑起来。一股莫名的希望从心里滋生，珠妍觉得她们以后一定能生活得很好。她们也必须好好活下去，若只因为少了个爸爸就落魄下去，那岂不是太冤了。她们要好好活下去，即使没有爸爸。

一直逛到傍晚时分，两人才回家。珠妍手上提着超市的购物袋站在一旁，妈妈按下了电子锁的开门键。门一打开，臭烘烘的气味直冲玄关，远比平常刺鼻得多。珠妍满心狐疑地与妈妈一同迈进家门。这时，离玄关最近的洗手间门突然被推开，爸爸怪叫着跑了出来。粗大的绳索和手铐还挂在他的胳膊上，也不知他是如何挣脱的。

珠妍下意识地将妈妈推开，挡在她前面。妈妈的背撞在鞋柜上，踉跄着就要摔倒。珠妍紧紧闭上眼睛，她感到爸爸粗短的牙齿正在用力嵌入她的脖子。那黑不溜秋的牙龈上冒出的牙齿怎么会有那么大的力量？珠妍痛得一点声音都发不出，妈妈却在这时尖叫起来：

"你，你这老头子！"

妈妈出现在了珠妍的视线里，不知何时，她站在了想要撕咬自己皮肉的爸爸身后。珠妍重新闭上眼睛，耳边传来"砰"的一声，爸爸瘫倒在地。珠妍摸着渗出淡淡血痕的脖颈，睁开了眼睛。她震惊地看着眼前异样又陌生的场景，妈妈正用高尔夫球杆暴打爸爸。

回过神的珠妍急忙拿起绳索，骑上爸爸满是疮痍的躯体，手忙脚乱地捆绑起来。爸爸踢着双腿，拼命挣扎，于是珠妍把他的腿也绑了起来。脖子不时传来刺痛，好在并没有掉块肉下来。

勉勉强强将爸爸绑紧后，珠妍和妈妈才终于坐了下来。似是还未从打击中走出来，很长一段时间里，都没有人说话。随后，悔恨涌上珠妍的心头。和丧尸一起生活，理当做好万全的准备，是她太大意了。妈妈慌里慌张地爬到珠妍身边，想要抚摸她的脖颈，珠妍打开妈妈的手。

"以防万一，还是不要摸了。"

珠妍照了照镜子，脖颈上留有清晰的牙齿印。妈妈挂掉电话，走到珠妍面前。

"我，我去拿药箱过来，你等一下。"

每动一下脖子，都会感到刺痛。珠妍依稀能看到妈妈在阳台储物柜里翻找药箱的背影。她闭上眼睛，回想刚刚的场景。妈妈竟然会用高尔夫球杆殴打爸爸，有点可笑。想到这里，珠妍露出了一个没心没肺的笑容。她看向被紧紧绑着、还不放弃挣扎的爸爸，嘀咕了一句：

"爸，现在在你眼里，连女儿都成食物了吗？"

珠妍一瘸一拐地走向客厅，之后可能打了个盹吧，当她再次睁开眼睛时，妈妈正在用浸满消毒药水的酒精棉为她擦拭伤口。每当棉花糖般的触感扫过脖子，珠妍的肩膀都会颤抖一下。妈妈的手法细腻又温柔，珠妍这才想起，妈妈在与爸爸结婚前，曾是一名护士。

"不会有事的。"

妈妈一边这样说着，一边点了点头。那句话听起来就像安慰自己的咒语。妈妈出乎意料地没有哭，珠妍却感到自己快要忍不住泪水了，于是将头蒙在被子里。她对躺在身旁的妈妈说：

"不要躺在我旁边，要是我突然变成丧尸怎么办？去我房间睡吧。"

"没关系。如果你真的变成丧尸了，一定要咬妈妈。"

"别说这些奇怪的话。"

"妈妈是说真的，你一定要咬妈妈。"

妈妈隔着被子紧紧拥住珠妍，珠妍吸溜着鼻涕闭上了眼睛。她睡不着，便一直安静地蜷缩在妈妈怀中。过了一会儿，头顶传来均匀的呼吸声。珠妍睁开眼睛，抬眼看向妈妈。妈妈又磨着牙睡着了，从她紧闭的双眼与嘴角，可以看到岁月留下的抓痕。珠妍抬起手，抚摸着妈妈的脸。

耳边是爸爸的低吼声，一整晚都没有停。一家人也曾有过很幸福的时候，可那已经是什么时候的事了呢？珠妍一边回想着过去，一边进入了浅浅的梦境。

她梦到了小时候，那时的她小巧得甚至能一屁股坐在爸爸脚背上。零点前微醺着赶回家的爸爸心情很是不错，他先将妈妈递来的汤喝完，然后便会举起珠妍，一边叫着"坐飞机喽"，一边晃动手臂。那时的珠妍总是笑得很开心，仿佛自己是全世界最幸福的人。

如果爸爸将她放在地板上，她又会摇摇晃晃地爬回去，抱住爸爸的脚踝，一屁股坐在他的脚背上。就像古树上的蝉，还像一只可爱的小树懒。爸爸会故意发出滑稽的声音，大步向前走起来，她就会咯咯笑个不停，一如坐在游乐设施上那般。每当那种时刻，爸爸都会豪爽地大笑出声，妈妈也会在旁抿着嘴笑，大家都在笑着。明明他们也曾那么幸福。

一觉醒来，珠妍的嘴唇已经开始泛出紫色。妈妈安慰珠妍：

"没事的，珠妍。妈妈陪着你呢。"

怎么可能没事？珠妍像个孩子似的，在妈妈面前哭了起来。

4

殡葬公司派来的女人脸上爬着一道长长的疤痕，从下巴一直延伸到额头。她让珠妍母女叫她敏，然后便毫无顾忌地拿出各种可怕的工具，摆在餐桌上。小斧头，电锯，霰弹枪，长镐。从她泰然自若的表情来看，她确实像个有经验的老手。珠妍小心翼翼地提出心中的疑惑：

"请问您是如何做上这一行的？"

女人瞥了一眼珠妍，不耐烦地答道：

"都是赚钱的事，莫名其妙地就做上了。我爷爷以前是猎户，没想到我现在也靠这手艺谋生了。"

珠妍沉默着点点头。当敏看向她脖颈上的伤口时，她不由自主地缩了缩脖子。

"你被咬了？"

"对。"

敏拿起霰弹枪。

"我小时候听奶奶说过，巨蟒的诅咒会持续三代，所以我猜这次的事件也要到第三批感染者才能结束。"

她的推理听起来还是很有可信度的。和新闻上

73

说的变异寄生虫、感染、病毒之类的专业名词比起来，敏口中的迷信说法反倒更像那么回事。珠妍脑海里浮现了不妨一试的念头。

"没有补救的方法吗？"

敏突然抬起头来看向珠妍。不知为何，珠妍觉得女人的视线与蛇有着微妙的相似之处。随即女人又转过头去，给霰弹枪上油，咔嚓咔嚓地组装起来。她一边从简易口袋里拿出弹药，装填上去，一边回答珠妍：

"我们猎户确实知道一个方法，等完事后再说吧。"

在此期间，妈妈就像在准备什么仪式一样，两只胳膊交叉在胸前，目不转睛地凝视着爸爸，脸上的表情无比悲壮。珠妍看不透妈妈的视线里掺杂了什么。上一秒妈妈还像是在看世界上最可怜的人一样，眼神里充满了同情与怜悯，下一秒面部似乎就会突然扭曲起来，仿佛面前站着什么可怕的东西。

珠妍想象着即将发生的事情：为了彻底消灭作祟的寄生虫，她们必须先把被寄生虫感染的脑部打碎。这时，完成组装的敏将霰弹枪递给珠妍。

价格低廉的代价，便是制伏与射杀必须由委托人自己完成。珠妍接下枪，不知为何，嘴巴里格外干涩。这样真的可以了结一切吗？真的可以就这样送走爸爸吗？这是对的吗？为什么一切结局都是如此让人难以面对呢？

无意间，珠妍的手扫过脖子上的牙印，它应该会成为爸爸最后留给自己的痕迹。如果找不到解决方案，自己应该会步爸爸的后尘，说不定就连妈妈也……一家人相亲相爱地共赴黄泉，这样的结局可真是惨绝人寰、不留一丝悬念啊。突然，珠妍莫名想起昨夜梦里的那三张笑颜。

"等等，等一下，我……"

珠妍放下枪，痛苦地喊道。敏皱了皱眉头，转身疑惑地望向珠妍。

"一分钱一分服务，你知道的。"

"我知道，我知道……请先等一下。"

爸爸被绑在珠妍面前，一边流着口水，一边扭动着身体。珠妍狠狠地咬了一下嘴唇。她也不知道自己想要怎样。她应该处理掉爸爸的，现在不开枪，只会让他们的结局更加难堪。可她依然犹豫了。她这时才恍然发现，自己还有很多话没来得及和爸爸说，但爸爸应该已经听不到了。

"唉，白忙活了！"敏捡起枪。就在这时，一直缩在后面的妈妈突然从两人之间挤了进来，一把抢走了敏的霰弹枪。

"直接这样一拉就可以了吗？"

敏稀里糊涂地点了点头。

嘶。也不知是谁倒抽了一口气，是自己，是敏，还是妈妈？珠妍抬起头，望向眼前。妈妈站在离她一步远的地方，正拿枪瞄准爸爸。虽然妈妈的姿势无比松垮，端着厚重又修长的霰弹枪的手看起来是那么吃力，但枪口却没有丝毫偏移地对准了爸爸。妈妈的声音里充满了郁结与愤怒：

"你这该死的糟老头子，到死还要拖累孩子。"

"妈！"

所有动作都在那一瞬间完成了。砰的一声，腐臭的血味钻进鼻孔。妈妈双腿的力气仿佛也被出膛的子弹抽走，她瘫软在地上。再一次，妈妈打破了珠妍的预期，她没有呜咽，就只是坐在那里，呆呆地看着地板，仅此而已。霰弹枪被她随意丢在地上。

敏面无表情地收起自己的装备。珠妍回过神来，望向眼前的惨状。爸爸破碎的脑袋里流出近乎黑色的血液。珠妍伸手扶起妈妈，妈妈则像是撞了鬼，脸色惨白。珠妍将妈妈扶到沙发上，随后又回到尸体旁。尸体，直到这一刻，爸爸才终于变成了尸体。珠妍抬起头，鞋柜旁墙壁上的镜子里映出自己的模样。嘴唇的颜色好像又深了一点，也不知是不是心理作用。可笑的是，她突然有种预感，自己的生命也需要交由妈妈来了结。想到这里，她心里蓦地舒服了一点。

敏一直缩在尸体前没有起身，她戴着医用手套，在爸爸爆裂的脑袋里翻来找去。"找到了！"她从爸爸脑袋里抽出了一条长长的东西。

珠妍皱起眉头，那个突然多出来的东西让她难以置信。那是一条蛇，从爸爸脑袋里钻出一条小蛇！它是那样小巧，甚至很难辨别出它是蛇还是泥鳅。敏一把掐住它的脖子，将它扔进细网兜里。在旁看着的珠妍问：

"要扔掉吗？"

"拿去给巫婆。直接扔掉可是会出大事的。"

"对了，您之前说要在完事之后告诉我的是什么？"

敏突然抬起头，看了看珠妍，又看了看妈妈。

珠妍焦急地催促起来：

"请告诉我吧！"

敏一边紧紧系着网兜一边说：

"我爷爷也是因为喝了蛇酒去世的，而且我当时也病得快死了。后来听奶奶说，给爷爷举行葬礼的时候，爷爷的胸口里突然钻出了一条蛇。"

"……"

"奶奶抓住了那条蛇，带着它去找了巫婆。你们知道巫婆说了什么吗？她竟然让奶奶回去给蛇举行一场祭祀。奶奶回去操办了祭祀后，那条蛇就化为灰烬，消失不见了。而我的病居然也痊愈了。"

敏晃了晃手中装着小蛇的网兜，一脸呆滞地听完整个故事的妈妈猛地抢过网兜。

交代完蛇的事情后，敏帮珠妍一同处理了爸爸的尸体。费用里包含处理尸体的服务，所以珠妍心安理得地接受了她的帮助。妈妈觉得自己已经亲手送走了爸爸，无须再跟着去火葬场，便和那条小蛇一起留在了家里。

珠妍将尸体装进一个巨大的塑料袋，坐着敏的货车，来到首尔郊外的一家火葬场，火化了爸爸。与其说这里是火葬场，不如说更接近焚烧厂。风推着黑烟，席卷而来的热气擦过珠妍的脸颊。看着摇曳的火光，珠妍喃喃自语。

"爸，一路走好。"

珠妍再没能说出其他话。敏送回珠妍后便离开了。珠妍把装有爸爸骨灰的缸子递给了妈妈。

"都结束了，妈。"

妈妈抬起头看着珠妍，眼里闪烁着前所未有的光芒。

"不，还没结束。"

妈妈攥紧了手中的网兜。

"你好好活着才算结束。"

○

那天珠妍回到家，餐桌上已经摆满妈妈买回来的祭祀食材。妈妈凭借二十多年来一手帮婆家操办祭祀的本事，为蛇准备了祭祀桌。她将水果摆好，处理了所有食材，最后将装有小蛇的网兜放在了最前面。神奇的事发生了，之前还时不时盘动一下、以此凸显存在感的小蛇在妈妈点燃线香后突然安静了下来。珠妍与妈妈肩并肩站在祭祀桌前，不禁哑然失笑，不知道自己这是在做什么。

"快点行礼啊，傻孩子！"

妈妈拍了一下珠妍的背，接着很认真地给小蛇行礼。珠妍只好跟着妈妈一起弯下了腰。

○

吃完饭后，珠妍与妈妈并肩坐在沙发上，一边吃着前几天祭祀撤下的水果，一边目不转睛地盯着电视。电视里正在播放一群巫婆共同举行法事的场面。

她们是在山上举行的法事。据说共有三座山里可能栖息着那种蟒蛇，而电视里这座山已经是其中的最后一座了。很久之后人们才知道，当时政府一直在研究蛇的皮肤组织与品种，并不是为了研发疫苗，而是为了确定举行法事的场所。

直到最后，政府也没能成功研发出疫苗，包含爸爸在内的十五名首批感染者全都死了。光是政府掌握到的第二批感染者便超过了二十名，其中差不多有一半人并没有真正被感染；剩下的十几个人则没有那么幸运，他们变成了丧尸，也都死了。珠妍不属于他们中的任何一方，她是唯一一个活下来的感染者。

身穿防护服的公务人员在三天后才找来珠妍家。一向都是如此，不管什么事情，官方处理都要比个人慢得多。当时她们已经完成了爸爸的死亡登记，珠妍将爸爸的骨灰缸拿出来后，公务人员便一脸狼狈地打道回府了。

所幸没有出现第三批感染者。也许病毒本会传播到第三批，政府好不容易才成功阻止了。那时政府刚完成第一次慰灵祭。他们猜测那条蛇可能来自三座山中的某一座，于是决定干脆在每一座山上都举行法事。

这已经是最后一场慰灵祭了。镜头里的那具蛇尸足有一米多长。珠妍很诧异，竟然会有人想用那样的蛇泡酒喝。她有点好奇，它是原本便那么粗壮，还是在窄小的酒缸里变大的。

法事快结束的时候，村庄里那棵与山相连的大树突然开始剧烈晃动，四面没有一丝风，树叶却哗啦啦地往下掉。突然，不知从何处钻出一条巨大的蟒蛇，横卧在法事现场。巫婆们纷纷停下手中的工作，恭敬地跪拜起来。这条蟒蛇绕着死去的蛇缠了一圈后便消失不见了，法事结束。所有画面都粗劣得像十年前的猎奇节目，但这场法事确实是由政府主办的。

家中弥漫着淡淡的香味。法事结束后，巫婆们将蛇的尸体埋在了那棵大树下。珠妍想起，前天自己也与妈妈一起将祭祀后化作齑粉的小蛇埋在了小区后的小山里。看着电视的妈妈忽然喃喃自语起来：

"真是丢国家的脸，这是在做什么啊！"

"妈不是也祭祀了那条蛇吗？"

"那能一样吗？"

妈妈迅速转移了话题。

"下周去看看你爸吧。"

珠妍点点头，抚摸起脖颈上爸爸留下的牙齿印。虽然牙印消褪得很慢，但它确实在一点点变淡，最终会在某一天彻底消失。

湿地的爱情

습지의 사랑

（湿地的爱情）

她到底是谁，

一直徘徊在空无一人的松树林里？

水不知道自己是怎么死的。时间太久，他早已遗忘，也不想再去追寻真相。重要的是自己已经死了，并且今天也依然漂浮在水上。

水鬼的一天总是清闲又无聊。无人问津，无人相识，他又离不开河川，不无聊才怪。他常常数着掉落的树叶，或与丑陋的鱼儿们相互问候，借此消磨时间。这些已经是他能做的所有事了。

"唉，无聊透了！"

他也只能在嘴上抱怨几句。

有时太无聊了，他甚至希望自己可以顺着河川一路流淌下去。若能化为耀眼的水波，从这里流淌到那里，从那里流淌到远方，就一定可以摆脱这无聊的生活。

只可惜这是不可能的。水放松身体，抬起头。

几只山鸟结伴从空中飞过。

关于自己，水只知道一件事，便是自己是溺死在这片河川里的，所以他才会变成水鬼。水鬼无法离开自己溺死的河川。虽然不知道是谁定的这个规矩，但自古以来便是如此。这是很久以前来超度他的一个巫婆告诉他的。水现在还清楚地记得那个瞬间油然而生的无力感。

所以，孤零零地漂在这漆黑又寒冷的河川里，被禁锢一般动弹不得，都只是他需要遵循的天理。一直如此，从来如是，没有理由，也找不到理由。因此，他也从未委屈过，只是觉得可笑和空虚。

从那时起，他便一直处于这种状态：什么都不做，漂浮着度过每一天。

他也曾有过难忍内心愤怒、对人生充满留恋的时期。当然，那是河川附近还有人迹时的事了。偶尔前来钓鱼的人们、寻找隐秘场所的恋人们、死活不听大人话的懵懂孩子们……水可让他们吃过不少的苦头。不是只露出一双眼睛，鬼鬼祟祟地靠近他们，就是在大雾天里将自己煞白的手伸出平静的水面，来回晃动，或者一把抓住戏水的人的脚踝往下拉扯。人们每每被他吓得魂飞魄散，落荒而逃。看着他们喘着粗气远去的背影，他羡慕极了，又憎恨不已。虽然他是想赶走这群擅自闯入自己地盘的人，但每次到了最后，他还是想拽住他们的脚踝，高喊"不要走"。寻开心不过是瞬间的事，可孤单却是那么漫长。

因为羡慕他们，所以讨厌他们，反正羡慕与讨厌也不过一线之隔，寻开心也算出气了。就这样，一波又一波的人被水吓跑。渐渐地，出现了河川里住着一只性格很恶劣的鬼的传言，人们开始远离河川。起初他们只是对着河川指手画脚，后来就再也无人涉足了。

现在，只剩下穿着寒酸的垂钓者会偶尔光顾河川，水也不再拿他们寻开心了。曾经足以吞噬他的可怕的漆黑情绪，早已被河水与时间稀释了。

如今他需要承受的，是愈发静寂的时间。他用各式各样的想法填补近乎空白的生活，时间愈多，想法愈多。思绪如河，忧郁便成了常客。一想到很久以后，鱼儿都消失了，河水也干涸了，自己还得留在这里，持续这样的生活，他便会烦闷得喘不过气来，好像被坚韧的水草勒住了脖子。久而久之，水开始克制自己，不让自己想太多。他就只漂浮在河面，数着掉落的树叶，看飘过天空的云朵。

微风拂过，河边的柳树悠悠摇着柳枝。从围绕河川的树林中飘来一片又一片枯叶，荡过水的身体，成功落到水面。它们都是从树枝上坠下来的尸体。水与这些亡者一同，清闲地晃悠着身子。

○

无聊日子里的一天，水认识了林。当时，水正在数飘来的落叶。河川对面有一座小山，每天都有落叶从山上乘风而来。

河川与山的边界上稀稀落落地种着松树。由于缺少阳光的呵护，每一棵松树都长得奇形怪状，树干通体黑色，树叶也格外尖。这是一片透着凄凉的树林，里面虽然设有方便行走的木板步道，但还是鲜少有人来。就在第四十九片落叶落在水面时，树林里传来一个声音。

"吱吱吱，吱吱。吱吱吱。"

声音就像垂钓者的歌声，有着特有的韵律。水耐心地凝视着树林。他听过这个声音，是钉子松动的木板被踩得吱呀作响的声音。以前河川附近还有人烟时，一有人走在步道上便会传来这样的声音。远处吹来一阵风，带动树林嘈嘈鸣响起来。水小心翼翼地向河边靠近。

"吱吱吱。吱吱。吱吱吱。"

声音越来越近。水将眼睛露出水面，凝神观察。木板的吱呀声与树叶的沙沙声轮番传来。片刻之后，声音来到近在咫尺的地方。一个影子在蜿蜒曲折的松树树干之间闪过。

"是谁呢？"

会是背着大人偷偷跑进树林的小屁孩吗？还是迷路的外地人？也可能只是一只小猫，或是山上的野兽。声音时远时近，飘忽不定。影子就像在寻宝一样，在幽暗的林子里窜来窜去，不停地徘徊。

水目不转睛地盯着松树林，声音的主人却没有现身。声音上一秒还从前面传来，下一秒便跳到了水的身后。当水转身查看后方时，声音又再次回到了前面。明明自己才是鬼，水却有种撞鬼了的感觉。那一天，水一直都在追寻那个声音。他对声音的主人愈发好奇。不知不觉间，昏黄的落日已半挂在山脊上。

"因为那家伙，今天倒是过得很快。"

水一边自言自语，一边将视线定格在步道的尽头。声音的主人一整天都在东奔西走，兴许是累了，从刚才开始，毫无章法的移动便停止了，伴着"吱呀"的响声，它开始在破旧的步道上漫步，应该很快就会出现在步道尽头了。

水做好了欢迎它的准备。半截黑色的脑袋探出水面，瘦削干瘪的手腕也跟着伸了出来。只要再挥一挥手，来人就会被水吓得昏厥过去，或是惊声尖叫着跑开。林子里的那个"声音"见到自己后肯定也会落荒而逃。至今为止，水从未遇到一个欢迎自己的人。反正得不到欢迎，还不如好好折磨一番，而他能想到的方法也只有这些。

林子里的那个"声音"会是什么样的呢？看到自己后会有什么反应呢？话说回来，自己长啥样来着？水突然想起，他已经好久没有看过自己的脸了。水不假思索地低头看向河面，然而，亡者的倒影是不会映在水面的。也许看不见反而更好，他的模样势必可怕又丑陋。

水抬起头来。下一秒，他与躲藏在松树后，只露出一张脸的"声音"对上了视线。

那是一双圆溜溜的漂亮眼睛。水的身体瞬间僵住了。明明对上了水的视线，可是她并没有逃跑，依然站在原地。接着，她动了，从松树后面走出来，目不转睛地看着水。玻璃珠般的眼珠在轻灵的眼帘下时隐时现。

水突然有点害怕，他太久没有被别人直视过了，甚至这也许是他变成幽灵后第一次被直视——既没有在恐惧中颤抖，也没有伴随愤怒的脏话，只是静静地看着自己——他确信自己是第一次见到这种眼神，这让他甚至有些畏缩。他现在反倒希望对方赶快逃跑。于是，他像对待其他人一样，挥动起自己惨白又干瘪的手臂。

"逃吧，快逃啊。"

"声音"依然没有逃跑。不管水如何挥舞胳膊，她都一动不动地站在原地。水欲哭无泪，别说是逃跑了。对方竟然学着自己，也抬起瘦削的手挥动起来。

"嗨。"

对方主动和水搭了话。既不是野兽的嘶吼声，也不是树叶擦身而过的声音，而是一句问候，是人与人之间的问候。见水没有回答自己，她皱着眉头问道：

"你不是在和我打招呼吗？那你挥手做什么？"

慌张之下，水不得不回应她。

"嗨……"

对面扑哧一声笑了出来。看到她干涩的嘴唇扬起柔和的弧度，水一时竟有些羞怯，逃也似的躲进了河川。他躲进头发般浓密的水草之间，与丑陋的鱼儿一同蜷缩了起来。不久，他听到了光脚踩在泥土上的声音。吱呀声渐行渐远。直到声音彻底消失，水这才悄悄地将头探出水面。河边空空如也。

"太好了。"

水轻抚自己湿润的胸膛。不知不觉间，太阳已完全被压在山底，夜幕降临。水重新躺回水草之间。尽管闭上了眼睛，松树林里那张脸也仍旧浮现在水的脑海，折磨着他，让他痛苦不堪。痛苦，痛苦竟会带来如此肉麻又焦躁的心情？水不停在心里回味今天那个短暂的相遇。对方的眼神、手势、微笑……那些让他感到陌生而奇怪的一切。那女孩身材娇小，脸就像以前垂钓者吃的面包一样白皙，身上穿着旧校服一样的衣服。

"她是谁呢？"

她到底是谁，一直徘徊在空无一人的松树林

里？当然，这么多年，突然出现在河川的人不止她一个。偶尔[1]会有一些迷路的人误闯河川，但他们很快便离开了，这次说不定也是如此。水努力安抚那颗躁动的心，将自己蜷作一团。

这感觉太奇怪了，就好像自己会毁掉什么。

○

第二天，第三天，松树林里的女孩都来了。她来访的时间并不固定，水还是像平常一样漂浮在河面，只有在听到脚步声的那一刻才匆忙藏起来。

偶尔，他也会躲在芦苇丛中偷看那个女孩。她每次都会一屁股坐在步道的尽头，闷闷不乐地望着河川。一块写有"步道"字样的标牌和一棵巨大的松树像长生柱[1]一般分别矗立在她两侧。她一次都没有走出过那里。

女孩总是满身泥土，面无表情地自言自语着。自己一边望着天空或树林，一边胡言乱语的时候，

---

1 韩语原文即"장승"，常见于朝鲜半岛的农村，作为界标、地标及守护神象征成对出现。通常为石制或木制，木制一般选择松木。上端刻有造型古朴、表情滑稽的人脸，人脸以下写有"天下大将军""地下女将军""国泰平安"等字样。

也是那样的表情吗？水凭空对她起了同病相怜的感情，一颗心也跟着荡漾了起来。就在这时，一根枯树枝向水飞来。

"哎呀！"水抱住头。

"嘻嘻。"耳边传来轻轻的笑声。水抬起头来，发现那女孩正捂着嘴笑个不停。他又对上了那双眼眸，那双让他总想逃避的、美丽又可怕的眼眸。似乎是看出水又要以迅雷不及掩耳之势藏进河川里，女孩急忙大喊了起来。她的声音清晰地传进水的耳朵里：

"我知道你一直在偷看，你再敢藏起来试试！"

明明只要埋个头就能隐藏自己，可奇怪的是，水就是动弹不得。水没有作声，捡起那根树枝扔了回去。树枝掉落在女孩脚下，被她捡起来，又重新扔了过来。

这一次，水接住了飞向自己的树枝。女孩发出了与之前一样清脆的笑声。空荡荡的心开始有些悸动。女孩对水打着手势，于是水又将树枝扔了回去。就这样，直到太阳落山，他们像玩球一样将那根树枝扔过来又扔过去。游戏结束后，水的胳膊都有点酸痛了。女孩气喘吁吁地问水：

"你一直都会在那里吧？"

水点了点头。女孩从地上站起来，拍了拍屁股。

"那我明天还来找你玩。你可不要再躲着我了，要和我打招呼，知道了吗？"

说完，她和初次相遇那天一样挥了挥手，转眼便消失在漆黑的树林里。水望着她消失的地方，又低头看了看手中的树枝，苍白的脸颊浮起浅浅的红晕。水就这样红着脸沉入了河底，咕嘟咕嘟，水面泛出几个气泡。

水躺在水草中，手中握着树枝，他还在想着那女孩。她明天真的会来吗？如果真的来了，打招呼时要说什么呢？上次那个"嗨"可以吗？想到这里，他开始思索该如何称呼女孩。总不能一直都叫"女孩"吧，这也太奇怪、太尴尬了。

辗转反侧、认真思考了许久后，水决定暂且称呼她为林。因为生活在水中的自己一直都被称呼为水。水没有名字，也压根不会有人叫他。"水"这个名字是当年附近村里盛传河川里住着一只恶鬼时产生的。当时，琐碎的诡事频繁发生，村里人找来了巫婆。穿着彩缎上衣的巫婆一边跳舞，一边恶语频出，对水说着各种恶毒的话。村民们双手合十，在旁虔诚地祈祷，希望水可以消失。那时水也跟着一起祈祷了，他比任何人都希望自己能离开这片河川。

当天的法事很是盛大，但水并没能得到超度。村长找来的是个假巫婆，他与假巫婆平分了村民奉上的钱。那之后，村里人都叫他"水里的那个东西"，或简略为"那个东西"。但这个称呼太模棱两可，村民们也觉得拗口，于是不知不觉间，他的名字便统一成了"水"。

"不要靠近那儿的水。"
"那里的水不吉利。"

河川就这样被抛弃了。当没有人再提起他时，恶鬼也好，"那个东西"也罢，任何称呼都已没有意义。不过，他很满意水这个名字，它给人的感觉比恶鬼要温和亲切得多。

林如约来了。等待了一天的水，按照事先至少一百次的练习那样，将瘦骨嶙峋的手掌贴在胸前，然后再伸出云张开，缓缓地摇晃着。

"嗨！"

林挥舞着双臂，回了他一个灿烂的笑容。

○

天刚破晓，水便将头探出了河面，凌晨是那么冷清。林总是随心所欲地来，又随心所欲地走，谁都猜不到她会什么时候出现。每当听见草丛传来窸窣的声音，水都会瞪大眼睛。然而，接连几次都只是山上的野猫或田鼠。

夕阳西下，黑暗中有个影子慢慢向河边靠近。水不由自主地深呼吸起来。这沉重脚步声的主人并不是林，而是握着手电的垂钓者。难得出来夜钓的他在河边搭了一个简易帐篷，悠闲地整理起装备来。水也知道，这并非垂钓者的错，但他就是很不耐烦。

"看来她今天是来不了了。"

正当他垂头丧气地掰起无辜的芦苇时，耳边传来湿润的泥土被踩踏的微弱声音。紧接着，步道的木板"吱呀 吱呀"地轻响起来。水反射性地抬起脑袋。垂钓者似是没有听到动静，依然在忙自己的事。

全身邋邋遢遢的林从黑暗中走了出来。她先是抬头看了眼水，却没有说话，然后便一脸忧郁地瘫坐在地上，用脚尖啪啪地踢起土来，就像在闹别扭。

在河边等了一整天的水开始慌张起来，每次不管是打招呼还是挑衅，都是林主动的，眼下的情况让水不知所措。林看起来和平常不太一样，水能确定她现在心情非常不好，不知道自己是不是就此消失比较好。最终，他还是靠近河边，小心翼翼地向林扔了一根树枝。林闻音抬起头来，撞上了水的视线。她嘶哑的声音传进了水的耳朵。

"我今天心情不好。"

水伸出手指，指了指垂钓者所在的方向。林瞪大眼睛，顺着水的手指望了过去。水瞥了一眼林的表情，划开水流，来到垂钓者面前。

垂钓者正一边吃着杯面，一边愉悦地哼着歌。水将水草团作一团，挂在钓钩上，然后用力拉扯。看到紧绷的渔线，垂钓者急忙放下手中的杯面，握住钓竿。水悄悄回头看了一眼林。林那双充满了好奇的大眼睛正闪烁着，仔细看着水的动作。

兴奋收竿的垂钓者看到战利品后吓得脸色铁青。兴许是夜色太深，被钓钩勾起的水草团看起来就像浓密的黑发。垂钓者惊声尖叫着将手中的钓竿扔了出去。水趁机将水草团顶在自己头上，缓缓浮出了水面。这下垂钓者彻底吓傻了，双腿一软，以一种滑稽的姿势跌倒在地。

水又晃了晃水草团，垂钓者像弹簧一样猛地弹起，惊慌逃窜，完全顾不上身旁的装备与杯面。身后传来林开怀的笑声，如银铃般清脆动听。

水和林看着垂钓者落荒而逃的背影，一同笑了起来。特别是垂钓者跌跄了好几次的样子，让林捂着肚子狂笑不已。其实，水是因为林笑了，才跟着一起开心地笑。林笑得眼泪都出来了，她擦着眼泪对水说道：

"心情总算好点了，你下次还会这样逗我开心吗？"

水害羞地点了点头。他看向林的脸，看她忧郁的神色已经褪去不少，才小心翼翼地开口：

"可，可是你为什么心情不好呢？"

'我在找一样东西，但找了好久都没找到。"

"你在找什么？"

水很想陪她一起找。那片松树林太过漆黑与寒冷，他不放心林独自穿行。林抬起头望着水，随后露出一个让人猜不透的古怪表情。她把食指贴在嘴唇上，垂着头低声说道：

"这是个秘密。"

那一晚，他们没有玩丢树枝的游戏。林看起来疲惫不堪，水也一直心神不宁。两人只能有一搭没一搭地聊天，可那天的夜风刮得大，他们甚至听不清对方的声音。太阳快要升起时，林站了起来。

"我下次再来找你。"

"嗯，我等你。"

林转身消失在松树林里。

说不清是从什么时候开始，水发现自己一整天都在等待林的到来。即便是林不在的时候，他也都在思念中度过。每一刻他都竖着耳朵辨听步道那边传来的声音。若是听到了谁掠过草丛的声音，水即便正躺着，也会立刻起身确认是否是林。和林在一起的时候，每当林起身说该走了，他心里都会涌上一丝难舍，无法离开河川的身体也让他很是困恼。

"林为什么总是在外面转来转去呢？"

水对林越来越好奇了。好奇心带来的焦灼感，让整天泡在河里的水都感到干渴难耐。他喝了许多混着绿藻的河水，但没有用。水很清楚，只有与林在一起的时候，这种干渴才会得到缓解。

水一直在等待暴雨。水鬼要踏上土地，只有在河川会泛滥的暴雨时节。那种日子里，大家都会干些越轨的事，各种荒唐的事都会发生，所以水鬼也能离开水。他需要雨水，有了雨水他就能走进松树林，但必须是足以让河川泛滥成灾的暴雨。

季节更替，水与林每天都会见面。水来到了他所能到达的河川最浅之处，林也走到了她能走到的最远之处，他们就这样看着彼此。尽管如此，两人的距离也依然很远，而幽灵的声音又微弱无力，遇到风大的日子，不管他们如何声嘶力竭，声音都无法传到对面。林依旧总是徘徊在漆黑的松树林里，脸上偶尔带着忧郁的神情。

○

突然，天空下起了雨。入夏以来都只是雾气一般飘在空中的雨，现在却忽然倾盆而下，就像天空漏了个洞似的。河面骚动起来，水位渐渐升高。村子里拉响的避险警报甚至传到了水的耳朵里。

水迈出水面，向松树林走去，他许久都未感受到土地紧实的触感了。水走过的地方，总会留下阴冷的水迹。踏过粗糙却绵软的泥土，踩上林每天坐着的木板，松叶的香味扑鼻而来。水站在那棵高大的松树与步道标牌中间。被雨水浸润的松树林看起来比以往更加深邃。水转过身，像林往常那样看向河川。雨滴触碰水面时，会泛出无数同心圆，继而轻巧地隐没。

就在水抬起脚，准备往松树林深处走去时，一张贴在标牌背面的纸映入了他的眼帘。标牌背面正好背对着河川，起初水看到黄色的纸上写着红色的字，还以为这是一张符咒。原来并不是符咒，而是一张传单，一张寻人启事。传单上的内容在岁月的流逝中褪去了原本的颜色，纸也发黄了。

李瑛

1990 年 8 月 20 日生

失踪时身着 ×× 高中的校服，校服上缝有名牌。

水看着传单上的照片，那是林。虽然照片早就褪色了，但那眯眼笑盈盈的模样与她现在别无二致。水的手下意识地伸向照片，这时，身后传来了一个声音。

"你是来看我的吗？"

水吓得匆忙转过身来，林就站在自己面前。水被吓得不轻，差点仰身倒下去。林耸耸肩，微笑地看着水。水挪动身子，将背倚靠在潮湿的松树上。

"你从河川里出来了！"

水看着林光着的双脚，缓缓点了点头。那双洁白的脚踩在黝黑又湿润的泥土上，显得是那样违和。与林沾满泥土的双脚不同，水的脚上长着稀疏的青苔，还缠着镣铐般的绿色水草。突然，林张开双臂向水走来。水紧紧闭上眼睛，向后缩着身体。林调皮地说道：

"每天都见面，还这么一惊一乍的。"

水睁开眼睛。林正在用手抚平被雨水打湿的传单。虽然传单早已破损不堪，但林依然视它若珍宝。

水难为情了，他太尴尬了，只能盯着地面看。暴雨浸润下的泥土散发着一股土腥味。水原本有很多话想在踏上陆地时对林说，可真到了这一刻，他却发现自己无法轻易开口。是因为自己已经太久没有和谁严肃地交谈过了吗？与他相比，林明显要游刃有余得多，仿佛要把无处倾诉的话一股脑倒出来。

"我每天都会来看这张传单。林子里到处都有贴，就像某种标识。我原来住的地方还在树林更深处呢，那里又黑又冷，从那里出来之后，我就看到了你。"

水在内心庆幸着自己能被林发现。他本想感谢林，但又觉得感谢的话太难启齿，便又把准备好的感谢咽了回去。

"第一次认识你的时候，觉得你很害羞。毕竟你整天都缩在水里，只露张脸出来。"

她说得没错，水无话可说。现在的他，脑海里只留下一件事：环绕在耳边的林的声音是那么动听。这时，林突然偏了偏头。

"现在换你来说说你的事吧。"

"我没什么可说给你听的，我就是一直生活在那片河川里。"

"就知道你会这样说。"

尴尬的沉默包裹着两人。过了许久，林才又开口问道：

　　"那个，我想问你一个问题，你还记得你是怎么死的吗？"

　　水摇摇头。林嘟囔了一句"原来你也这样"，指了指传单。

　　"我也一样。所以我才每天都来看这张传单。为了不让自己忘记，忘记姓名、长相，以及可能的离世年龄。虽然知道了也不会有任何改变，但我还是想让自己的记忆尽量不要变得太模糊。而且多亏这样，后来我才能遇到你。"

　　最后一句话，让水早已干瘪的心脏跳动了起来。也不知林有没有感受到水的心情，她只是持续着近乎自言自语的呢喃，而水也一直在旁边耐心倾听着。

　　"我走不出林子，所以我应该是在林子里出事的吧。无论如何，我曾存在于这个世界上，现在也依然这样存在着。虽然永远都得像现在这般孤单又潮湿，潮湿又寒冷，虽然看不见我的人永远比看得见我的要多，但我还是存在着的。"

　　林转身看向水，二人温柔的目光在半空中汇

合。李瑛，水在默念着林的名字。李瑛，是一个发音非常和缓而流畅的名字。他不禁觉得，这个名字很适合林。有种不知名的冲动涌了上来，水叫出了口。

"李瑛。"

林看着水，一双大眼睛闪烁起来。水追寻着她的眼眸，她的视线先是左右晃动，接着落在地面，最后又回到了水身上。

"你叫什么名字？"

虽然水也想像林一样说些什么，但他并不记得自己死前的事情。水感到很悲伤，无法将林给予自己的再奉还回去，这让他伤心不已。水结结巴巴地回答林：

"我都忘了，也没人告诉过我。别说是名字了，就是自己的脸，也太久没看过了，都想不起来了。"

可林没有叹惋：

"没了就再取一个呗！自己给自己取一个！"

水第一次听到这样的话。这句话太让人心动了，他害怕了，不知道自己是否有资格听到这样的话。水深深低下了头。林的话让他莫名感到有些羞怯，他不知道在这种情况下自己该做出怎样的反应。

"名字？给我取名字？"

"嗯。"

林握住水的肩膀，让他直视自己。这样的直视甚至让水有些恐惧，他不由自主地应了声，眼眸中的畏缩在重新迎上目光的瞬间变成了悸动。林思考了许久才开口道：

"浅川如何？"

"浅川？"

"你生活的那个河川，据说叫浅水川。我上次听被我们吓唬的垂钓者说的。"

"浅川。"

水很喜欢。其实不管林取什么样的名字，水都会很喜欢。更何况这个名字还和林的名字一样顺口，听起来就是一对。想到这里，水羞涩地表达了自己对新名字的感想。林牵起水湿答答的手。

"那我们下次都要叫彼此的名字噢。"

雨势渐渐减弱，水该回去了。这场暴雨竟如此的短暂。在河面时，时间流逝得那样慢；和林在一起时，时间却又转瞬即逝。水在心里感叹着，真希望这场雨能一直持续下去。林像往常一样挥着白皙又消瘦的手，对转身走向河川的水说：

"下次换我去找你。"

○

在那之后，水经常会回味林的名字，以及自己丢失的名字。他希望下次见面时，他能有更多的话与林分享，也能和林交谈得更久一点。他想知道林每天都在苦苦寻找的东西到底是什么，希望林有一天会告诉自己。只要想象着那一天，他就不会对自己永无尽头的未来感到恐惧。直到某一天，一群陌生的人来到了松树林。

他们与之前的垂钓者、村里的老人或是迷路的孩子不大相同。他们穿着利落，手里都拿着一沓纸。脸上没有茫然、空虚和惊慌，只有整齐划一的严肃，一种与生气时截然不同的严肃。

"考虑到将来建高尔夫球场的计划，这片河川还是填了比较好。反正里面各种绿藻泛滥，水也用不了。而且我听说，这里出过不少事故，即使仅出于安全上的考虑，也不能放任不管。"

"再加上那片阴森的树林，应该能抬高不少报价。"

"先把山推了，再在高处盖个度假村也不错，景色肯定很好。"

他们的交流都是一些难以理解的对话，充斥着水从未听过的词语，但他依然听懂了几个明显的事实。他们竟然要伐光松树林？自己与林生活的这片河川与松树林，从一开始就理所当然地存在于这里，水从未想过它们有一天会消失不见。水疑惑地问林：

"他们在说什么？"

林也发蒙了，语气带上了愤怒：

"没必要听，都是在胡说八道。"

虽然嘴上这样说，但林所有注意力都放在了那片黑色森林里传来的机械声上。那一天是橙色挖掘机开进来的日子。两人无法进行任何对话，幽灵微弱的声音轻易便被机械声盖了过去。不管他们怎么高声叫喊，声音也无法传进彼此耳中。那天的林整日都魂不守舍的，水也愈发不安起来，他感觉林似乎快消失了，因为那天林的身影看起来莫名地朦胧。

嘈杂的机械声下，树林里的松树一棵接一棵地被砍倒，表情严肃的那群人不停地游走其中。林已经一周没有出现在她常坐着的那棵弯曲的松树与步道标牌之间了。松树以极快的速度减少着，要么被连根拔起，要么被拦腰砍断，地面也被挖得沟壑纵横。松树林在一点点地消失。如果松树林消失了，李瑛会怎样呢？

那是一个无雨的反常季节。灰暗的天空明明在蠢蠢欲动，好像很快就要下起倾盆暴雨，最后却只飘起了雾蒙蒙的细雨。水害怕了，他怕自己再也见不到李瑛，怕李瑛会和被砍断的松树一样在他的眼前消失，内心的恐惧逐渐演变为愤怒。曾经认定这里不吉利、抛弃了这里的人，现在却回过头来搞出如此大的阵仗，这如何不让他反感？他怨恨人类，人类是让李瑛消失的罪魁祸首。水已经很久没有如此悲观又不安了，他感觉自己快要被绝望的黑洞吞噬掉了。上一次出现这种老掉牙又不堪的心情还是在很久以前，在他刚变成幽灵的时候。从山上滚下来的泥土落在河川里，将河水染成了不祥的土黄色。水漂浮在这样的河川中，黑色的眼睛里散发着阴冷的光芒。就在这时，一个男人走进了水的视线。

"好，这边进展很顺利。昨天一整天都耗在拔树上了，也不知道这边的树为什么都长得这么牢。再过一段时间就可以正式施工了，不过河川还需要一点时间处理。"

这个穿西装的男人之前出现过。他依然穿着与上次一样的衣服，头戴一顶安全帽，嘴里还叼了一根烟，雾气一般的烟笼罩在他周围。挂掉电话的男人将烟头随意扔进了河川，岸上、水边到处都是他们随手丢弃的烟头。水狠狠地瞪着男人，向岸边靠近。

明明空气里没有一丝风，河川的水却突然翻涌起来。男人似乎感受到了这诡异的动静，定眼看向河川。他看到一个黑色的影子正在一点点向自己靠近。起初他以为那只是一团水草，然而并不是。那是一个长着长长黑发、脸色苍白、瞪着一双空洞的黑色瞳孔的东西。它正向男人游过来。

男人退缩了，他想转身逃跑，身体却动弹不得。明明没有在水里，却像身处水底一样呼吸困难。双腿像被水草紧紧缠绕一般，一动也不能动。男人的眼中满是惊恐。一只缠绕着墨绿水草的瘦削胳膊从水中伸向男人，男人瞬间被拖进了河川，连声尖叫都没来得及发出。[1]

　　水抓着男人挣扎的脚踝，感觉手上涌进了更多的力量。咔嚓，男人的脚踝被扭成了奇怪的角度。男人的尖叫声被河水吞没，但他依然没有放弃挣扎。突然，熟悉的笑声穿破翻腾的浪花传了过来。水急忙捂住男人的嘴巴，将脸探出水面。李瑛正站在那棵弯曲的松树和步道标牌中间。

　　"李瑛！"

　　水激动地叫着林的名字。他无法相信自己的眼睛，明明自己就是幽灵，却突然有种看到了幽灵般难以置信的心情。站在他眼前的真是李瑛。李瑛就像他们刚认识没多久那时一样，挥动着骨瘦如柴的手臂，大喊道：

　　"我马上就去找你，你再等一等！"

　　水点点头，也向林挥起了胳膊。为了让林听到，水用尽全力大声呼喊着：

　　"我等你！"

1　原文此处为特殊字体，为与原文一致，故有此调整。

他不知道自己的话有没有成功传到林的耳中，但那难以言表的情感已经漫溢而出，将他自身吞没。他的脑海里充斥着想让李瑛开心些的愿望，于是他用水草缠绕住男人的脚踝、手腕和脖子。男人越挣扎，结实的水草越是欢腾地钻进他的肉里。

男人不断地下沉、上浮，像油锅里的青蛙一样扑腾着双腿。李瑛坐在被拦腰砍断的松树墩上笑个不停。水也冲着李瑛灿烂地笑起来，之前的担忧与不安在此刻消失不见。灰色的世界重又明亮了起来，就连散落在荒凉树林与水边的烟头看起来都美丽了不少。直到林转身消失在树林里，水都在挥舞手臂。他不是在道别，而是在告诉她，自己一直都在这里等她。

第二天，男人的尸体浮出水面，而开山工程依旧热火朝天地进行着。

○

水一整天都在注视步道的尽头，他在等李瑛。标牌的立柱早已折断，顶端随意地耷拉在地上。李瑛走过的木板步道和粘贴传单的松树也已不在了。

如今水再也听不到李瑛踩上木板时发出的吱呀声了。即使李瑛来了，他可能也无法及时发现，所以他只能瞪大眼睛，他不想错过李瑛。这一刻的时间流逝得比水迄今为止经历过的所有时刻都要慢。

乌云密布的一天，树林里传来了尖叫声。昏暗的天空电闪雷鸣，运转的机械纷纷噤了声。原本如在外觅食的蚂蚁一般分散各处的人们向传来尖叫声的地方跑去。

"这、这里！这里有一具尸体！"

人们聚集在一起，把尸体挖了出来。尸体就埋在李瑛每天走过的吱呀作响的木板下。水远远地看着他们，直到他们在泥泞的土地里挖出一具白骨，白骨上挂着与李瑛的穿着相似的黑白布料，水终于知道李瑛一直在寻找什么了，他慌忙环顾起四周。

李瑛从人群中挤了出来。满身是土的她合腿坐下，呆呆地望着那些曾组成自己的骨头，接着缓缓伸出双手，抚摸骨头，并从里面掏出一个泛着黄色光芒的东西。随后她抬起头来，望向正前方的水。李瑛与水交换了眼神，并向水露出一个灿烂的笑容，水也同样笑着回应她。

昏黑得分不清是清晨还是傍晚的天空，突然发出一声怪响，水抬头望去，硕大的雨点打在他的额头与鼻梁上。很快，水周围的河面泛起了波澜。逐渐变大的雨滴在不知不觉间倾盆而下，雨势大得惊人，世界仿佛迎来了末日。

人群再次散开，只剩李瑛的骨头孤零零地躺在蓝色防水棚下面。水张开嘴呼唤李瑛：

"李瑛。"

水的声音被雨声淹没。雨势太凶太猛，模糊了视线，水看不到李瑛。但他并没有不安，因为李瑛与他约定了会来找他。水等着洪水泛滥，等着李瑛。

○

水从未见过如此规模的暴雨，河面以极快的速度上涨着。堆在森林一角的泥土与被连根拔起的树木一起纷纷流句了河川。水的世界正在剧烈地翻腾，瞬间涨起的水势像怪物一样吞没了四周。水看着这一切，想起了李瑛。

忽然，世界明亮起来了，随之而来的是一声巨响，那是世界崩塌的声音。河面与地面都躁动起来，空气里充斥着湿漉漉的泥土气味。水干枯的脚踏上了湿润的土地，抬头望向奔向自己的土块。山体滑坡了，平日里高耸坚固的山也像河水一样奔腾了起来。村子里拉响的警报，夹杂着人们嘈杂的哀鸣与悔叹，一同钻进了水的耳朵。

"山体滑坡，请周边居民尽快避难……"

刺啦，广播在刺耳的杂音下结束了。水缓慢地眨着眼睛，散落的土块与岩石填满了河川。河川消失了，水鬼会怎么样呢？会跟着消失吗？以前的他一直想结束生命，现在心愿快实现了，他却高兴不起来。

他想再见李瑛一面。水站在倾泻的暴雨与岩石之间，等待李瑛。她一定会出现。雨滴砸在脸上，痛得他睁不开眼睛。尽管如此，水还是艰难地睁着眼睛。突然，一只洁白的手出现在他混沌的视野里。熟悉的声音在呼唤那个自己尚且陌生的名字。

"浅川。"

是李瑛的声音。

"我来找你了。"

水握住李瑛伸来的手，两只瘦削的手握在一起，就仿佛两株根茎交缠的小树。半埋在土里的身体突然浮了起来。水发现李瑛胸前别了一个之前未见过的东西，是名牌。黄色的塑料名牌上写着李瑛的名字。李瑛摘下名牌，递给水。

"送你了。"

水望着李瑛的眼睛，接下了她递来的名牌。李瑛也看着水的眼睛。雨水簇拥着泥石继续翻腾奔涌。它们覆盖了村落，覆盖了河川，覆盖了松树林，覆盖了水与林的世界，覆盖了属于他们的乐园。树木滚向河川，河川侵占村落。屋顶塌陷，文明的残骸漂浮在水上。水眼睁睁地看着世界发生了翻天覆地的变化。他缓缓闭上双眼，重新睁开时，李瑛还站在他面前。水用尽全力将李瑛拉进怀里，李瑛也紧拥浅川。

"我好想你，李瑛。"

他们低吟着彼此的名字。所有噪声都消失了，世界似是进入了黑暗，迎来了平静的死寂。如今，河川不再，松树林不再，村落也不复存在。在这颠覆混杂的世界里，浅川与李瑛紧紧地贴在一起，现在他们只剩下彼此。对他们来说，世界变成什么样已经不重要了。他们合上眼睛，任凭自己沉没在湿润的泥土气息里。

刀，重叠的刀

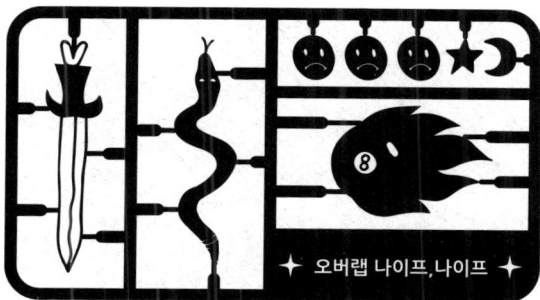

오버랩 나이프,나이프

刀，重叠的刀

手里的塑料袋掉落在地，

我愣愣地看着眼前的一幕，

父亲杀了母亲。

1

这是一个再寻常不过的故事。

你会在电影里看过，在书里、电视剧里看过，在新闻播报时间，抑或揭露社会问题的节目、常见的犯罪纪录片里，也会听主持人用厚重低沉的声音介绍过这样的故事。这个故事就是这么俗套，它发生在世界各个角落，任何人都可能经历，或是听说过。它足够骇人听闻，也常常令人唏嘘不已、如鲠在喉。

手里的塑料袋掉落在地，我愣愣地看着眼前的一幕，父亲杀了母亲。

父亲一脸浑噩恍惚的表情，右手里是不停向下滴着鲜血的水果刀，左手仍握着一个绿色酒瓶。他的手里就该是握着酒瓶的。自打我有记忆以来，他便是一个酒瓶不离手的人了。小时候，我甚至一度把绿色的酒瓶当成是父亲身体的一部分。半倚在父亲手中的透明绿色酒瓶，看上去是那么的和谐。可水果刀，那把沾满鲜血的水果刀，却不该出现在他手中。父亲的视线慢慢转向我，散开的瞳孔黯然无神。

"你怎么才回来？过来给我削个苹果。臭婆娘，连个苹果都削不好。"

父亲将水果刀递给我。这时我才看到滚落在一旁的、丑陋地裸露出半边果肉的苹果。我握着父亲递来的水果刀，心中倏地一动——难道它只能用来削苹果吗？

我扭过头，看着躺在地板上的母亲，母亲的身体扭曲成一种奇怪的姿势，脑袋垮垮地耷拉在地板上，周围是一摊黑红色的血。母亲之前也曾几次扭曲地倒在地上。是几次吗？不，是无数次，是我没撞见过的更多次。她扭曲倒地的原因，十之八九都是我父亲，剩下的一二则是她自己。

冥冥中，我想过会有这样的事发生：父亲总归会杀了母亲。而我，也总归会杀了他。只不过我每次都不忍心那样做罢了。然而，父亲递来了水果刀。这把他用来杀害母亲的水果刀彻底杀死了我对他的"不忍心"。

于是，如父亲对母亲所做的那般，我也同样割断了父亲的喉咙。这一点都不公平。与他之前施加在我们身上的暴力相比，这点程度离公平差远了。不过人生本就是不公平的，不是吗？我静静地看着瘫在母亲身边的父亲。直到今天，这一切终究在我眼前演变为现实。我手中的水果刀上不仅仅有母亲的血，也掺上了父亲的。我们是一家人。也对，我们是一家人啊。如今只要再沾上我的血，我们便可以一起生活在水果刀里。不，我不想这样做。我可不想连死后都沾着他的血。因此我换了一把刀，一把比水果刀大得多的厨刀。它一定比水果刀好用，可以一下子切断任何东西。想到这里，我突然有点愧疚。我不该让母亲与父亲生活在同一把水果刀里。母亲死了，伹她还得和父亲一同生活在杀害自己的凶器里。我好后悔，我本可以让他们生活在不同的刀里。对不起了，母亲。

我弯腰捡起先前掉落在地的塑料袋，里面装着母亲想吃的寿司。我取出她最爱的三文鱼寿司和熟虾寿司，放在她面前。还好，母亲的眼睛是闭着的，如果睁着，我该如何面对？我挑了一个她不爱吃的章鱼寿司放进嘴里。如此美味，母亲为何不爱吃呢？我一边嚼着寿司，一边想——

若是我早点到家，会有什么改变吗？

若是我没有去买寿司，会有什么改变吗？

若是昨天把苹果都吃光，会有什么改变吗？

若是我将家里所有水果刀都扔了，结局会不一样吗？

母亲是不是不会死，而我也不需要杀了父亲呢？

经过缜密的思考，我得出事实永远无法改变的结论。即便没有那颗苹果，父亲总有一天也会随便找个借口杀了母亲。而我也一样，即便不是在今天，我最终也会杀了父亲。这不是时机或动机的问题，这件事注定会发生，只不过恰好发生在了今天。我细细咽下口中的章鱼寿司，直至所有留恋都消失。随后，我轻快地举起刀，刺进自己的喉咙。

意识开始一点点消散，就在这时，一个不该出现的想法却浮现在脑海：

"如果情况稍有改变，至少能有一个人活下来吧……如果可以，希望那个人是母亲……"

2

这是一件很寻常的事。

从外地考入首尔的大学，在学校附近独居的女大学生成为罪犯的目标——别说是寻常了，它甚至已经成为一种常态。毕竟任何罪犯都不会对一个在自家走读的健壮男学生图谋不轨。

我已经被连续骚扰好几个月了。

那个跟踪狂并没有威胁到我的生命，但他一直都在某个地方注视着我，我甚至可以感受到他的视线。从学校回家，外出兼职，和朋友们一起出去玩……所有瞬间，我都能感受到他的视线。

深夜归家时，我还能听到他尾随在后的脚步声。我加快步伐，他也会慢半拍地加快；我放缓步伐，他又会慢半拍地放缓。如果我害怕地跑起来，他的脚步声便会诡异地戛然而止。随后，背后会传来他渐渐远去和消泯的声音。听着似哭又似笑，既像哈哈的笑声，又像悲伤的呜咽声，抑或两者皆有。我想他应该是从精神病院里逃出来的吧。

他有时还会潜入我家。起初我并没有发现，但后来可疑的迹象越来越明显。每次外出回来，家里的东西都会发生一些微妙的变化。有时是被动过的床铺，有时是原来明明堆在水池里却被洗净并摆好的碗筷，有时是从第二层抽屉跑到第三层的笔记本……总之都是一些琐碎得不能再琐碎的变化。但家里从没少过东西，就连令一般跟踪狂痴迷的内衣也一件都没少。

我无法告诉远在家乡的父母，这样他们只会让我放弃学业。我曾和身边的朋友们提起过，但大家都理所当然地认为是我的错觉，还会云淡风轻地责怪我太敏感。他们说只是碰巧有个人走在我身后而已，还说我窜然跑起来反而会吓到对方。

我也去警察局报过案，可我并没有受到什么具体的伤害，警察无法采取任何措施。所有人都认为是我过度敏感，看我的眼神就像在看一个歇斯底里的疯女人。

不过话说回来，他们也没错，我当时真的有点过分敏感，也确实是歇斯底里了，可这都要归咎于那个该死的跟踪狂！

我原是一个耳根很软、随波逐流的人。老实说，这样的性格对我的生活一点帮助都没有。反正只要周围有人责怪我，我就会怀疑是不是自己真的太敏感了。明明心里很想把这群站着说话不腰疼的人的脑袋给揪下来，可我并没有这样的勇气。我只能压抑自己，眼睁睁看着压力在心里化脓。每次走夜路时，我都只能在不知是谁的脚步声和视线中颤抖。即便如此，第二天也一样不会有人相信我。对我来说，他们的漠然也成了一件恐怖的事。

我也曾尝试努力摆脱这种情况，只是后来放弃了。为了甩掉他，我搬了几次家，然而并没有起到作用，他每次都能找到我，继续他那安静的骚扰。

也有人劝我一笑而过，毕竟他从没有伤害过我。

　　我真的快疯掉了。只是还没有动手罢了，他随时都可以伤害我。无时无刻不锁在我身上的视线，隐隐中感受到的威胁，以及他人视我为精神病患者的眼神，让我渐渐失去了分辨能力。对的可能是我，也可能是他们；跟踪狂可能真的存在，一切也可能只是我的被害妄想。我真的困惑了。我身心俱疲，甚至动了和父母坦白一切、卷铺盖走人的念头。而我后来之所以能坚持下去，没有回老家，是因为遇到了"他"。

　　如果，当初我直接回老家，没有遇见他，这一切会不会改变呢？

3

　　厨刀刺穿喉咙，鲜血喷涌而出。意识开始一点点模糊，画面如走马灯般在眼前闪过。一直以来，我只把将死之人的走马灯当作传闻，现在我看到了。可它到底是来自早已遗忘的过往，还是对来生的希冀，我也分不清了。画面中的我度过了一段幸福的童年生活。家境还算殷实，父亲手里的酒瓶也消失不见了。母亲看着蹒跚学步的我，开心地拍着手。幸福的时光总是短暂的，像手摇胶片般一片片迅速掠过。随之袭来的，是记忆中的地狱。

父亲家族公司的衰败和倒闭拉开了所有不幸的序幕。他借酒消愁，很快便上了瘾。年幼的我又是一个不听话的孩子。母亲只得重新出去工作。可家里依旧入不敷出。从那时起，父亲一没钱喝酒就会对母亲拳脚相加。是从哪天开始的？我也成了他发泄怒气的对象。有时候，母亲会因气不过而反抗父亲，然后我也会一同被赶出家门。

每次被赶出去，母亲只是牵着我在家附近转悠。我们一走走在寒冷的街头，她总会在我嘴里塞一颗糖。母亲不停地和我说话，大部分时间都在描绘过去的幸福生活，她与父亲是如何相识相恋，又是怎么有了我，等等。每当母亲说这些时，我都觉得她好像想永远驻留在过去。这种时候，感到害怕的我常常偏执地提出一个让她回到现实的问题：

"那爸爸现在怎么变成了这样？"

母亲只是呢喃着"很快就能好起来"这句话。大概，情况不会有任何好转，而她或许是最清楚的那一个。

随着时间的推移，母亲的"很快就能好起来"愈来愈少见。父亲基本不再归家，但他专挑我上学时回去欺负独自在家的母亲。这一点在我上了高中，个头长到和他不相上下后表现得尤为明显。他越发卑鄙了。

母亲的"很快就能好起来"终于变成了"一切都是我的命"。母亲失去了表情，也不太爱开口。最大的变化，便是她开始慢慢疏远我。记不得是从哪天开始了，母亲不再和我说话，甚至不愿面对我。她或许是把对父亲的憎恶转嫁到我身上了吧。这一切都是父亲的错，是他，夺去了母亲的表情，使母亲疏远我。我对父亲的憎恶日渐深沉。

倏地，脑袋里浮现出一个想法：这一切是否早在母亲的意料之中？其实这都是我们的命，父亲的命运是杀了母亲，而我的命运是杀了父亲后再了结自己。我心里甚至有一丝畅快，这令人厌恶的人生终于要结束了。唯一让我感到惋惜的是今天的寿司，母亲一改往常对我不理不睬的态度，和我说她想吃寿司。我立刻从床上跳起来去买寿司，斟酌良久后才买了一份什锦寿司。可母亲却没能尝到它，这是我最大的遗憾。

没看到母亲露出我期待已久的笑容，吃着我买的寿司。唯有这件事，我心有不甘。

意识在慢慢消散，有个声音传了过来：

"你想让时间倒流吗？"

4

我与他相识在普通的一天。我仍然走在那条巷道里，也仍然在同样的脚步声中颤抖着。稍微走慢些，会不会让跟踪狂抓住？跑起来的话，身后的脚步声会像平常一样戛然而止吗？或是说，今天是他动手的日子，他会扑上来捂住我的嘴巴？这些都是平时走在回家路上会出现的惯性想法。结果，在我决定数到三就跑时，对面走来一个男人，突然向我打招呼。是我不认识的人。

"咦，世莫？好久不见啊！这么晚了，你一个人回家？要不我送你吧，顺便叙叙旧。"

男人自说自话，完全不给我回话的机会。他很自然地站到我身边，抬起手放在我的头顶上："让我看看你有没有长高。"

他趁作势量身高的时候低语，

"你看起来好像很害怕。我刚刚注意到，你后面一直有个可疑的男人跟着你。配合一下。"

我有些慌乱："是呢！真的好久没看到你了，灿浩。"接下来的一段路，他便陪我一起走着。我们一直都在故作欣喜地聊着并不存在的过往回忆。许久之后，身后的脚步声不知在哪个瞬间消失了。被我叫作"灿浩"的男人偷偷瞥了眼身后，慢慢松下一口气。

"他好像走了。"

"谢谢你，我刚刚真的很害怕……要不我请你喝茶吧。"

"其实不用这么客气的，那我就不拒绝了。"

他的笑容有点羞涩。

我不是世英，那个男人也不叫灿浩，即便如此，我们依然约好第二天在学校附近的咖啡馆见面。

其实灿浩的装熟策略对跟踪狂可能并没有意义。在他叫出"世英"的那一刻，跟踪狂就已经知道我们并不熟识。跟踪狂曾闯入我家，又怎会不知道我的名字？不过他毕竟是我受到骚扰之后，第一个也是唯一一个帮助我的人。在谁都不相信我的时候，唯有他试图解救我。这一点足以成为我喜欢他的理由了。

我们在约定场所见了面。出门前，我甚至还一反常态地给自己涂了指甲油。我想让自己看起来干练一点，哪怕只是在一个小细节上。男人已经到了，正在等我。深绿色的针织衫和他很配，他好像知道自己适合穿什么风格的衣服。

我们对上彼此的目光，尴尬地笑了笑，然后开始聊了起来。男人并不叫灿浩，他叫灿硕。他笑着说我至少蒙对了一个字，他的笑容让我的心脏怦怦直跳。我也告诉他，我不叫世英，而叫英熙。他很开心，因为他也猜对了一个字。我的心跳得更快了。

临近分别，我将跟踪狂的事告诉了灿硕。我知道他可能会用奇怪的眼神看我，或许还会害怕地逃跑，但我依然决定大胆一次。我可以自信地说，这是我短暂人生中最紧张也最勇敢的一刻。我就如昨天的灿硕一样，嘴巴机关枪似的说个不停。

我告诉他，昨天并不是第一次，其实我每天都在恐惧中颤抖着回家。身边的人都不相信我，我很混乱，怀疑自己是不是精神出了问题。然而昨天你的出现，帮助了我，证明了跟踪狂是真实存在的。所以我现在不混乱了，你就是我的证人和救星。哎呀，你也别抱有多大的负担，这只是一个比喻而已。我告诉他，我喜欢他。

我突然的倾诉与最后的表白似乎让灿硕有点手足无措，但他并没有立刻拒绝我，而是提出了一个提议。我们兼职结束的时间相近，他又住在我家附近（对了，灿硕念的大学就在我大学的隔壁，他住宿舍），于是他提议每天和我一起走那条有跟踪狂尾随的"暗黑巷道"。我们可以在路上聊聊天，了解彼此，之后再考虑交往的事情。他的提议如同拥有将那条恐怖的巷道变成心动场所的魔力，让我的心跳再次加速，我又怎么可能拒绝？

现在想来，就算再次回到那时候，我也会做出同样的选择。在见到灿硕的那一瞬间，在他称呼我为世英的那一刻，我便只能在手足无措中坠入爱情。所以，我怨恨过去的自己，怨恨当时犹豫不决、没能下定决心回老家的自己。

如果我回了老家；如果他没有见到害怕的我；如果他没有帮助我；如果我们没有相约咖啡馆见面；如果我没有和他表白；如果他听到表白后没有提出任何提议；如果他没有每天夜里都陪我走过漆黑的巷道；那么……

他也不会死在跟踪狂的刀下了。

5

"剪刀石头布都是三局两胜，所以我也给你三次机会。你可以回到过去，也可以改变那些让你后悔的选择。结果会怎样，谁都不能保证。也许，你能改变一切，但也可能是竹篮打水一场空。

"选择权在你手上。你想让时间倒流吗？"

我点了点头，那把厨刀依旧插在脖子上。

下一刻，刀消失了。眼前的画面从遍地鲜血的家中变成学校里嘈杂的教室。我拿起手机确认日期，母亲死亡的前一天。刚才那都是一场梦吗？不可能。从母亲体内流出的血是那么的真实。我是真的回到了过去。同学们正在讨论下课后去吃什么，而我知道他们最后的决定——部队火锅。

"天气这么冷，去吃部队锅吧。喂，金世浩。你也去的吧？"

"我就不去了，你们自己去吃吧。"

下课铃一响，我便拿起包冲了出去。我径直去了离家最近的商业街里的一家寿司店，将母亲爱吃的熟虾寿司与三文鱼寿司各打包了一份。我焦急地走在回家路上，好想快点见到母亲，不知她看到寿司后会是什么表情？其实我隐约知道，我能改变的并没有想象中那么多。即便如此，我也希望多少能改变一点。

一如往常，母亲木然地看着电视。看着母亲鲜活地出现在我的眼前，我有点难以置信，双腿倏地一软。尽管我回去得比平常要早一些，但母亲也只是面无表情地看了看瘫坐在玄关的我，一句话也没有。没事的，我艰难地挪动颤颤巍巍的腿。

"那个，我买了寿司。呃，因为小时候……我不是说要给你买你爱吃的熟虾寿司和三文鱼寿司吗？你还记得吗？"

"……啊。"

母亲接过寿司盒，茫然地看着它。瘦小的肩膀似乎在轻微地颤抖。她低着头，我读不到她的表情。我想知道她的表情，但又不敢去确认。我唯一能确定的是，母亲的脸上没有出现我想见到的笑容。因为在我示意她赶快尝尝后，她将寿司盒扔在了地上。然后，她开始揪着自己的头发呜咽起来，哭声回荡在狭窄的客厅里。我将散落在地的寿司装回盒子，放在垃圾桶盖子上，清理好地板后走进了自己的房间。

母亲的哭声时响时弱，渐渐变成低声啜泣，最后终于平息下来。我背靠房门，坐在地板上，听着母亲哭泣。我一直听着，突然觉得母亲的哭声像是一首歌。像当年被父亲赶出家门，母亲牵着我走在夜晚的街头，抬头看着星空时唱起的《一闪一闪亮晶晶》。

果然。就算时间倒流，能改变的事情也没有想象中的多。

睁开眼，不知不觉已到凌晨。兴许是睡觉的姿势不太对，醒来后发现自己双腿发麻，脖子也阵阵酸痛。我有点口渴，起身去厨房喝水。母亲好像在主卧睡着了。我看到了意想不到的东西——昨天傍晚被我放在垃圾桶上的寿司盒。散掉的寿司被干干净净地收在盒子里，放在了餐桌上。两个寿司盒也只剩下一个。

我本以为是父亲回来了，肚子空空的他在厨房寻找食物时发现了看起来并无异样的寿司。然而找遍整个狭窄的屋子，都没发现父亲。如果是父亲回来又走了，我不可能毫不知情，因为他在走之前势必会闹出一番动静。透过大敞着的主卧门，我看到了侧睡在地板上的母亲佝偻的背。旁边的地板上放着另一个寿司盒，里面空空如也，载着凌晨微弱的光，渗进我的心里。

真的好久没能像现在这样开心地入睡了。就算下次醒来睁开眼睛，迎接我的是沾满鲜血的水果刀，我也能心甘情愿地让它刺穿喉咙。

万幸的是，当我再次睁开眼睛时，出现在眼前的是我房间里发黄的天花板。母亲正在打扫客厅。记忆中的今天，母亲这个时候应该在阳台洗衣服——不一样了，心里痒痒的，是希望在发芽。今天，我哪里都不会去。不管母亲想要吃什么，我都不会出门。我会拦着父亲，不让他进屋。我要把家里所有的水果刀都扔了。也许，母亲今天可以不用死。对，我绝不会让她死。

令我吃惊的是，"今天"平静地过去了，什么事都没发生。兴许是知道我在家，父亲一天都没露面。顺利结束的"今天"甚至让我有一种空幻的感觉。悲剧竟是如此轻易就能避免的吗？然而，在度过了一周如"今天"一样安静的日子后，我就对自己懈怠的想法后悔了。

在我前往学校递交休学申请的那一小段时间里，独自外出买菜的母亲在菜市场中心死在了父亲的刀下。据目击者说，父亲在街上拿着水果刀威胁母亲，吼叫着找她要钱。当时母亲身上最多也只有一万五千韩元[1]，就是那点钱，她也不想给父亲。她在挣扎时，把装鱼的塑料袋甩在了父亲的脸上。

---

1 折合人民币约八十一元。

父亲完全丧失了理性，自己明明用更过分的东西殴打过我们，可仅仅因为一个装鱼的袋子，他便暴跳如雷，胡乱挥舞起水果刀。水果刀精准划过母亲的喉咙，流淌的鲜血把菜市场的地面染成殷红色。

这一次，我那狠毒的父亲不仅伤害了母亲，还捅了几个试图帮助母亲的路人。他恶狠狠地说着脏话，怒斥路人看自己的笑话。他说自己往年也是做过大老板的，都是这个社会太恶心，所以这个要命的婆娘才敢无视他，明明不如他还敢打他的脸，他妈的，真令人作呕。一个卖鱼的老爷爷死在了他的愤怒之下。老爷爷看着鲜血直流的母亲，想为她做点急救措施，结果背上被父亲捅了一刀。彼时父亲手上的水果刀正是我"那天"扔进小区垃圾桶里的。也许无论怎么兜兜转转，有主之物终归都会回到主人手里吧。警察在很久之后才到达现场，逮捕了父亲。而在那之前，父亲一直都在如癫似狂地破口大骂，骂这所有的一切都是社会的责任，毁掉自己人生的社会才是真正的凶手，这个婆娘也是毁掉他的罪魁祸首之一，所以她也犯了罪。他骂警察是不是都聋了，他不过是杀了一个杀人犯，他又有什么错。父亲就是这样。

我是在学校收到的消息。上课途中，助教突然急匆匆地来找我。同学们议论纷纷。"怎么了？出什么事了？"面对他们和气而客套的担心，我也一样给出了温柔且轻松的回复，"没事，没什么。我先走了。对不起，教授。"只有传达消息的助教满脸牙然地看着我。

神态自若地和助教道别后，我离开了教室。走在路上，我心情异常平静，脑袋似乎也知道这是理所当然的事情，更清楚自己现在该去做什么。我先是若无其事地走回家，冷静地收起厨刀带在身上，随后便赶到警察局。

"我是他儿子，怎么会突然发生这样的事……"沉着地说完这句话后，我就把刀刺进了低着头的父亲的喉咙。

父亲的血溅在我脸上。许久未遇到这样的案子，警察忙得不可开交，完全没能预料我的行为。而现在，他们得更忙了。不想变得更忙的他们及时阻止了我的自残，给我戴上了手铐。之后的事情，我不太记得了。我成了"明星"，不管去哪儿都有记者追，他们还给我冠上了弑亲杀人犯的称号，不过随便他们怎么说，我一点都不在意。我实在懒得说话，所以一个字都没吐露。一群不了解事情真相的人剖析着我家的事情，对我宣布了判决结果，我没有做出丝毫反抗。只是一有机会，我就会尝试自杀。最终，我在经历一连串如梦般恍惚的日子后，被关进了某个监狱。入狱第一天夜里，我便毫无留恋地上吊了。耳边似乎传来母亲哼唱的《一闪一闪亮晶晶》，也可能只是听起来像那首歌的呜咽声。解脱感席卷我的全身，紧紧包裹着我的脖子。视野彻底变暗后，耳边响起熟悉的声音。

"现在只剩两次机会了，你想回到什么时候？"

6

在灿硕的提议下，我们基本每天晚上都会一同回家。他常常等到我兼职结束，有些时候我也会等他。不知从何时起，我们的手牵在了一起。我们在昏暗的巷道里聊了许多。有时能听到跟踪狂的脚步声，有时听不到。不过除了灿硕低沉的嗓音，其他任何声响都与我无关了。寂静的巷道里只有他的声音，我的耳朵里再听不到其他声音。我沉醉在幸福之中。

与我不一样，灿硕是富裕家庭的独子。父母在老家，是公务员，家中还有其他生计。去年他刚服完兵役，大学毕业后打算继承家业。而我，即便拿到了法语学士学位，顶多也只能成为一名培训班讲师。脑海中响起母亲一直挂在嘴边的"门当户对"，但这一点都不重要。我们会在走路的时候抬头凝望夜空，在发现星星时你一句我一句地接起《一闪一闪亮晶晶》。我们会把歌声唱成私语，接着又变回歌声，最后化作一句"晚安"，盘桓在我的睡梦里。每一晚，都是亮晶晶的夜晚。

那晚也和平常一样，是个亮晶晶的夜晚。

我们彼此说了十次"晚安"后才最终道了别。灿硕转身折返回巷道，我则回到了出租房。我在安静的房间里换着衣服，突然，有什么东西从外套口袋里掉了出来。是灿硕的手帕。当天的兼职结束后，我和灿硕去路边摊吃了点小吃，后来手上沾到了些配鱼饼的酱油，是灿硕用手帕帮我擦干净的。现在酱油渍已经干了，圆圆的一块，黏在手帕上。

其实，不过是一块手帕而已，并不需要立刻还给他。但我还是重新套上衣服，跑进巷道。即便是以这个为借口，我也想再多看他一眼。灿硕步伐慢，而我又走得急，肯定能很快就追上。

我要抓住灿硕慢腾腾的背影，将手帕递给他，与他再牵一次手。既然都见面了，那就再亲吻一次吧。想到这里，我的心跳再次变得有力了起来。

但很快，当我绕过巷道的拐角，出现在眼前的不是期待中的沉稳背影，而是捂着脖子、流血倒地的灿硕。

灿硕抓着插在脖子上的刀，一动不动。他睁着眼睛，眼神浑浊又茫然。乌黑的瞳孔映照出他鲜红的血液。将灿硕最终都未能拔出的刀抽出来的，是站在他身旁俯视他的黑衣男人。男人抵住灿硕松软的脖子，"咻"地一下拔出了刀。灿硕的脑袋彻底垂了下来，就像一个摔断的人体模型。直到这时，男人才发现站在旁边目睹了一切的我。人在受到过度惊吓时什么都做不了，我现在才明白这句话的意思。我无法发出声音，无法逃跑，甚至无法报警，我什么都做不了。我只能这样瞪大眼睛，静静地看着。

黑衣男人突然笑了，那笑声就像哭一样。我本以为他会将杀害灿硕的刀捅进我的身体，可是他没有。他只是直愣愣地看着我，然后说道：

"幸好，最后还是了结了。"

脚步声渐行渐远，男人消失在巷道深处，我也慢慢陷入了昏厥。最后是什么意思，怎么就幸好了，我无法理解。不过我认出了他的脚步声，正是在无数个黑夜里跟踪我的脚步声。我的跟踪狂，他最终还是来杀灿硕了。

一片黑暗中，陌生的声音对我说道：

"我可以给你三次机会，你想让时间倒流吗？"

我是说了"嗯"吧？我一定是接受了他的提议。下一秒，漆黑的视野猛地明亮起来。我正和灿硕手牵着手，站在出租房前。我的手能清晰地感受到灿硕的温度。难以置信。

"英熙，英熙？你怎么了？"

我一把抱住面前的灿硕。刚刚的是什么？是梦吗？我经历的那件事并不是现实？不，不可能。灿硕确实被人捅穿了脖子。我不能再失去怀中的这份温暖。我抱着灿硕，眼睛瞄向他肩膀后漆黑的巷道。那是我们刚刚走过的巷道。黑暗中的某个角落里，黑衣男人正在窥视我们。我绝对，绝对不会让灿硕走进那片黑暗之中。

"今晚就在我家睡吧。"

灿硕没有拒绝我。

7

像往常一样，我泰然自若地说着"我出门了"，走出家门。母亲依然没有任何回应。明明之前都没什么感觉，今天却莫名有点心酸。

我离开家，前往父亲常待的地方找寻他。家附近的饭店，公园，便利店，咖啡馆……所有地方都找遍后，我才恍然大悟——我不在家的时候，父亲的脚下永远只通向仅母亲一人在的那个家。

父亲有一项神奇的本领，他总能知道我什么时候外出，然后专挑那个时候回家，把家里砸个稀巴烂。我赶紧飞奔回家。老旧的电梯停在高层，怎么都不见下来，我只得爬楼梯上去。家门大敞着。不祥的预感涌上心头，这种预感大多数情况下都不会出错。果真，家中传来尖叫声，我急忙将怀中的刀掏出来。这是唯一能救母亲的办法了。

在父亲对母亲动手之前，我要先一步手刃父亲。

我迈进家门，看见父亲正死死抓着母亲的头发，母亲额头流出的血浸湿了地板。看到苍白的地板被鲜血染成红色，脑海里忽然浮现出母亲身体扭曲、耷拉着脑袋的模样——我断然不会让事情发展成那样。最终，我还是彻底失去了理性。也许在那一刻，我变成了和父亲一样的怪物。不过怎样都无所谓，从某种程度上说，我是他的儿子，会成为同样的怪物也是理所当然的。

我脑海里满是只有杀了父亲，母亲才不会死的想法。两次的自杀与母亲的死已经让我的精神疲惫不堪，现在是需要抉择与专注的时候。我一头撞翻父亲，紧接着骑在他身上。望着父亲惊慌失措的眼神，我毫不犹豫地将刀刺进他的脖子。最后，父亲滚热的鲜血飞溅而来，让我心生不爽。

结束了。母亲活下来了。我转过头，对上母亲的眼神。母亲空洞的瞳孔望向我，杀了父亲的我，以及脖子上插着刀的父亲。

母亲的眼睛是从何时开始变得这么空洞的？怎么看都觉得那对瞳孔甚至不如死人的有神。反倒是最后一刻还在挣扎的父亲，瞪我的眼神看起来鲜活无比。我转过头去，不敢再看母亲的眼睛。贴在墙上的镜子摔落在地，碎片里映出我的脸，也映出母亲空洞的眼神。那是一个空荡的怪物。我就是那个怪物。

怎么会这样？

不应该这样。

这并不是我想改变的。

直到看到母亲与我的眼睛后，我才明白。阻止父亲和率先杀害父亲都是无用的。问题的导火索在更根本的地方，在更早之前。在母亲失去表情之前，在父亲酗酒度日之前，在父亲的公司倒闭之前，在我们曾幸福的过去之前，甚至在更久之前。在我出生之前，母亲与父亲相识之前。

"现在只剩最后一次机会了。"

熟悉的声音在脑海里响起。如今的我终于知道自己真正该做的是什么，并对此深信不疑。我问那个声音：

"可以回到我出生以前吗？"

"当然。"

声音仿佛一直在等我问出这个问题，"咯咯咯"地笑了起来。

8

那天晚上　我和灿硕在我破烂的出租屋里，透过狭窄的窗户看着天上的星星。"一闪一闪亮晶晶，满天都是小星星……"我们依次哼唱歌词，以此来代替平常道别时的"晚安"。

凌晨，灿硕还在熟睡，躺在他身边的我却被一些想法折磨得难以入眠。这一夜安然度过，灿硕没有落入黑衣男人手中。可下次呢？谁能保证灿硕下次也能顺利脱险？太多未知，我什么都确定不了。我甚至怀疑昨晚的事是否真实发生过。

"一切都是我的错觉？"我想起那个声音。我看到的是一场梦吗？但那可怕的场景还清晰地印在我的脑海里，我不认为我愚拙的头脑能进行那么精致巧妙的想象。昏迷时听到的声音……那个为我倒转时间的声音，到底是什么呢？

天一亮，灿硕便说要去宿舍拿教材，早早离开了。虽然我很害怕让灿硕走进那个巷道，但也知道自己无法永远关着他。我哀求他翘一天的课，他疑惑地问我今天怎么了。终于他还是走了，只留下一句"在家等我"。

我一整天都魂不守舍，完全无法专注于其他事情。好在那一天风轻云淡地过去了，什么事都没发生。第二天、第三天也是如此。一切安好，无事发生。在日复一日的平静生活里，焦虑的心慢慢安定下来。不知不觉中，连跟踪狂令人不快的视线也在我的生活中淡化了。

家中物品再无丢失挪动，就连灿硕去参加远亲的葬礼，未能陪我一同回家的日子里，我也没有听到那尾随的脚步声。那个夜晚之后，跟踪狂悄无声息地消失了，就仿佛从未存在过。

我每天都沉浸在幸福中。与灿硕之间的爱情，以及摆脱跟踪狂后的解脱感同时袭来，我沉迷其中，看着幸福一点点满溢，达到过饱和状态。我甚至感到欣慰，欣慰自己躲掉了那场悲剧。我就像是主导电影走向完美结局的主人公。身边的人经常会问起："咦，你最近脸色很红润呢，也不疑神疑鬼了，是不是谈恋爱啦？"面对他们不知是嘲讽还是夸赞的问话，我都会尽量微笑着回应他们。

日子一天天过去。我一度以为幸福会一直持续下去。然而，和大多数故事一样，已经拉开序幕的悲剧不会退场，人生也是如此，美好的日子并不会一直延续下去。幸福正因为转瞬即逝，才会那么甜美。悲剧就像回旋镖，无论你怎么用力往外抛，它都会飞回来。就在我乐不思蜀地笑着的时候，它早已掉转方向，向我们飞来。

跟踪狂没有放弃，他只是暂时更换了目标，去盯梢灿硕了。就在我时隔多年再次参加同学聚会，和大家一起喝酒，没能去见灿硕的那个夜晚，灿硕一直待在图书馆里学习。然后，趁他出去买罐装咖啡的时候，跟踪狂再一次扑向了他。

　　喝得酩酊大醉的我，第二天清晨才得知这个消息，在现场，我确认了尸体。如果不是耷拉着的脑袋显得那么无力，灿硕看起来就像是躺在地上睡着了。直到摸到他冷冰冰的手，我才知道他真的死了。冷冰冰、冷冰冰、冷冰冰的手……胃开始翻滚。陪同的警察看着作呕的我说道："姑娘，你的脾胃不太好啊，昨天还喝了酒。"我没有作声。

　　不是的，警察叔叔，并不是酒的问题。虽然看起来确实像是因为酒，但其实我的脾胃没有那么弱，大概就是普通水平，只因为看到灿硕躺在这里，我才会……呕。

　　我跑进洗手间，呕吐了起来。前一天晚上吃的面条和泡菜饼立刻涌了上来，接着是下酒菜，再是酒，最后连没有任何食物残渣的透明胃液也被我吐得干干净净。等我终于从洗手间里出来，恶心的感觉仍没有消散。

　　无能的警察没能抓到犯人。跟踪狂掩藏了踪迹，没有留下一丝痕迹。仿佛他人生的目标就是夺走灿硕的性命，达成目标后便可毫无留恋地人间蒸发了。

　　我百思不得其解。为灿硕举行葬礼时，灿硕在焚烧炉里变成骨灰时，灿硕的骨灰随江风而逝时，我一直都在思考。思考，思考，又思考。灿硕为什么会死？他为什么不得不死？难道该发生的事情势必都会发生吗？想法一个接一个涌现，争先恐后地在脑海里捉着迷藏。一个想法刚浮现，另一个想法便探头叫唤。当我想去抓住那个想法时，又会被另一个想法绊住。我饭也不吃，觉也不睡，谁都不见，不分昼夜地与那些想法玩着老鹰捉小鸡，终于得出了结论——如果不想让灿硕死在跟踪狂手里，如果想让他活下去，就不能让他认识我。我们不能相遇。

　　曾听过一遍的声音再次在脑海响起。

　　"决定好这次要回到什么时候了？"

"嗯。"

声音咯咯地笑着："这是第二次噢！"声音的主人是谁并不重要。对我而言，它就是给予我机会去救活灿硕的神。在回答它的同时，我的眼前渐渐被黑暗填满。

日历上的时间是灿硕死亡两个月前，也正是我烦恼该不该回老家的时候。当时我们还没有相遇。就是今晚，我会在巷道里遇到他。今晚，他会欣然对素不相识、惶恐不安的我叫出"世英"的名字。

所以我今天绝不能走进那条巷道。想到这里，我立刻打电话到我兼职的地方，说我家里出了急事，从明天开始就无法去上班了。虽然很抱歉，但事出紧急，希望他们可以理解一下。挂断电话后，我开始整理行李。我拿出行李箱，把看到的东西全都一股脑塞了进去。行李箱越来越满，里面到底装了些什么，连我自己也不甚清楚了。我拖着行李箱，径自去客运站买了一张开往家乡的车票。二十分钟后，我便坐上了回家的车。一切都在两个小时内完成了。今夜的首尔将没有我。我消除了所有遇到灿硕的可能。今天我们不会相遇，不会交谈，明天我们也不会相约咖啡馆，那样我就不会和他表白，那个提议也不会出现，我们更不会每天晚上一同回家，他便不会得到跟踪狂的关注，最终他便不会死。一定不会的。

坐了三个小时的车，我到了家。看到突然回家的我，母亲咋呼地询问缘由。我没有回答，甚至连句话都没说出口。那天晚上，许久没吃到母亲做的菜的我足足吃了两碗饭，这个时间本该是灿硕看着我、亲切地与我打招呼的时间。这一次，他不会认识我，便能获得活下去的机会。这样就够了。道别的事，交给我一个人就好。

即便已身处老家，我也一个月没出门。我知道可能性微乎其微，但我还是怕灿硕会和朋友们来我的家乡玩，然后遇到我。世事难料，谁又能说得准呢？

父母也没有说什么，但我能感受到他们对我的担心。

在家里，我的表现一如往常，看起来毫无波澜，仿佛什么事都没发生。但父母偶尔还是会在吃饭的时候试探着问我为什么不外出。我推托自己只是不想出门，他们便不再多问。我很庆幸他们没有追问下去。

一个月后，我渐渐开始外出。我会去家门口的超市逛逛，也会去附近的公园转转。时间流逝，我偶尔也会与家乡的朋友聚上一聚。虽然一些时候，我只能在沉默中煎熬，但故乡的生活大体都是平静且安定的。一成不变的日常，熟悉的人们，让我感觉只要再这么住上一年，我便能忘掉一切。那么，我能忘了与灿硕的相遇吗？应该有点难吧，但至少我会习惯他已不再认识我的事实。

我一边这么想着，一边吃完了母亲为我准备的早餐——嫩豆腐汤、鸡蛋卷和茼芹。饭后水果是苹果和甜柿。苹果放得有些久，已经氧化了。甜柿也不怎么甜，甚至还有点发涩。甜柿该是甜的啊？怎么会苦呢？同样坐在沙发上的父亲正就着苦涩的甜柿看报纸。从标题来看，是一篇关于可疑男子实施无差别犯罪的报道，犯人到现在还未落网，估计是个无法适应社会的人。无差别犯罪……在首尔数以万计的人口中，偏偏是自己走进了他的视线，毫无理由地惨遭杀害，这会是怎样的一种心情呢？一定冤屈得无以复加吧？我很清楚这种心情。我继续瞟着父亲手上的报纸。随后，在报道的角落，一张熟悉的面孔映入我的眼帘。

首尔金津区某大学学生金某，被一名可疑男子刺死。

报纸上赫然印着灿硕的脸。
甜柿的苦涩在口中继续发散。

9

在我出生前，母亲与父亲结婚前，母亲与父亲相爱前……母亲与父亲相识的那一刻才是这个家悲剧的起点，我要回到那时候。父亲与母亲不该相识，尽管没有他们的相爱，没有他们的结合，我也不会存在于这个世界上，可这正是我希望的。为了母亲，我可以消失。为了能准确回到那个节点，我追溯着陈旧的记忆，终于想起母亲对儿时的我说的话。

"以前有一个非常非常坏的坏蛋。他欺负妈妈，每天跟着妈妈，妈妈特别害怕。"

"真是个大坏蛋。"

"对。有一天，妈妈心惊胆战地走在路上，害怕他会对我做什么。结果远处一个不认识的人突然跑过来，解救了妈妈。"

"哇！那个人一定是个好人吧？"

"对吧？那个人就是爸爸。虽然他现在过得很苦，心情总是很差，但他其实是个善良的人。所以你也不要太讨厌他。他真的是一个很好的人。"

"我不管，我不知道，我以后也不想知道。"

母亲认识父亲后，谈了一年左右的恋爱。后来因为有了我，两人仓促结了婚。我要前往他们相识前的那个时刻。

我回到了 1990 年 1 月。我知道母亲是在 1990 年认识了父亲，但具体是几月几号、何时何地，我都无从得知，因此我只能选择回到当年的 1 月。回到过去后，我立刻去了母亲就读的大学。趁院系办公室的工作人员外出吃午饭时，我翻找起学生登记册——86 届的崔英熙，我找到了母亲的名字和家庭住址。这种手段也就只有在模拟信号时代才管用了，若是像最近一样，所有信息都被加上密码，需要实时认证的话，我估计就很难找到了。

自那以后，我一直都在跟踪母亲。那时的她还很年轻，没有怀上我，远比我想象中的要青春活力，纯洁美丽。我想帮母亲守住年轻时的美好。我会守护母亲，绝不会让父亲与我这样的渣滓介入母亲的人生。

母亲打了一份工，每次都要很晚才下班。我便跟在她身后，与她一起走夜路。跟与我年纪相仿的母亲一同走路，会有种很微妙的心情，不禁让我想起自己被赶出家门后，不停在巷道里转悠的幼年时代。母亲好像听到了我的脚步声，有时她泰然自若地走着走着，会突然奔跑起来。她突然跑起来时，我不会刻意去追。

后来，我尾随得更加隐蔽，更加无声无息，但母亲偶尔还是会突然逃跑。每当看到她落荒而逃的背影，我都会莫名地悲伤。她如此仓皇地逃离从未来而来的我，就像是在控诉，控诉我是一个怪物。她一点都没错。我是母亲所有不幸的种子。我不能在她面前露面，我没有信心让她看到我这副可怕的样子。有时我也会潜入母亲家中，翻找电话簿或类似的册子。因为我不知道，在我没能跟着她的时候，她有没有与父亲相遇。所幸我并没有在这些册子与房间里发现任何父亲的痕迹，每次都是徒劳。

自从来到我尚未出生的过去，我不曾感到饥饿。也许是未来的时间停止了。相应地，困意也离我远去。但漫长又无聊的日子太难熬，我偶尔还是会睡一小会儿来打发时间，还会在社区公园的长椅上过夜，在地铁站里体验流浪汉的生活，有时也会假扮大学生，在母亲就读的大学休息室或图书馆里逗留。

后来，我在附近的棚户改造区发现了一座空屋，便开始在那里消磨时间。不用尾随母亲的日子里，我会在那座废屋里沉思。思考，思考，又思考。不管我怎么思考，答案依旧只有一个——在母亲与父亲相爱前杀掉父亲。若两人有缘，我挡得了一时，也挡不了一世。想要他们永不相识，只能除掉其中一个。想到这里，我不禁握了握从未来带来的唯一一样东西——那把水果刀。

三天后，母亲在深夜的巷道里见到了父亲。他叫母亲"世英"，母亲则是用模棱两可的语气回了他一句"嗯，灿浩"。世英不是母亲的名字，英熙才是。同样地，那男人也不叫灿浩，而是灿硕。我在看到他的第一眼便确信，他是我的父亲。两个人故作亲昵地交谈着，然而只要稍加注意，谁都看得出他们是初次见面，交谈也很生硬。他们一直都在编造荒谬的故事，应该是意识到我的存在了。虽然他们只是漫步在暗巷中，但我却无法再跟下去了。

"以前有一个非常非常坏的坏蛋。他欺负妈妈，每天跟着妈妈 妈妈特别害怕。"

"真是个大坏蛋。"

直到这时，我才反应过来。那个欺负母亲、每天跟着她、让她深陷恐惧之中的坏人，原来就是我，是来自未来的她的儿子。我就是这场悲剧的证明，我就是所有不幸的种子。

怎么会……这样……看来那个为我倒转时间、对我咯咯笑的并不是神，而是恶魔。

那之后，我将自己关在废屋中，开始了新一轮的思考。思考，思考，又思考。思考这一切到底是怎么回事。也就是说，因为有了从未来而来的我，母亲与父亲才会相识。我以守护母亲为由天天跟着她，对她来说反而是折磨；我便是她口中的"坏人"，使她遇到了以好人形象登场的父亲，最终促成了这样的悲剧。一切都是我的错。是我非要回到过去，让他们俩相识相爱，最后让他们的人生以不幸收场。

我在绝望中艰难挣扎，对自己的选择后悔不已。可是，我活到现在，当真做过一次不曾后悔的选择吗？我做的所有选择都是后悔的延续，这次也不例外。然而，事到如今，我还有回头路可走吗？这是我的第三次，也是最后一次机会。不管他们是因我而相遇，还是因我而结婚，深究下去也没有意义。我已经知道一切悲剧的根源是我。他们的未来，自己的现在……这些绝望深深刻在了我心里，我还有其他选择吗？

我会按原计划行动，杀了父亲。

第二天，我在他们必经的巷道里找到一个角落，藏了起来。父亲与母亲手牵手、轮番唱着《一闪一闪亮晶晶》的声音从远处传来。"一闪一闪亮晶晶，满天都是小星星……"嗯，熟悉的歌。是母亲牵着我的手，徘徊在寒冷漆黑的街头时带给我温暖的歌。原来这首歌并不是唱给我的，而是唱给父亲的吗？看着对未来一无所知、沉浸在幸福中的他们，我同情又羡慕，羡慕又心痛。也许是太悲伤了，我在等待送走母亲折返而回的父亲时，一直都缩在巷道狭小的角落里哭泣。直到年轻的父亲来到我面前，我的眼泪也没有停下。

我们为何会走到这一步？母亲与父亲为何不能像现在这样一直幸福美好下去？明明现在的他们是如此耀眼。我还蜷缩在角落里，犹豫要不要扔掉水果刀。一只手搭在了我的肩膀上。一双清澈又明亮、似乎镶有小星星的瞳孔注视着我。

"今天这么冷，你还好吧？"

唉，可惜啊。我的父亲，我这年轻的父亲，确实如母亲所言，是一个心善之人。

我重新抓住怀里的刀。

父亲的善良动摇了我的决心，我没能成功地一刀捅进他的要害。突如其来的攻击使他差点摔倒在地，但也多亏于此，他才得以躲开我的刀，只是肩膀受了点轻伤。之后，我们肉薄骨并地扭打在一起。虽然他的体格与力气都在我之上，但我有武器，渴望了结一切的迫切心情更让我奋不顾身。这真的是最后一次机会了。我一拳打在他的肚子上，他也踹中了我的腿。我跌在地上，无法立刻站起身来，但还是挣扎着抓住了他的脚踝，阻断了他逃跑的企图。咚的一声，父亲摔倒在地。我骑上父亲的身体，气喘吁吁地将水果刀高高举起，刺向父亲的喉咙。

噗。

是利刃穿破皮肉的声音，然而父亲的喉咙却完好无损。不知从何处流出的鲜血慢慢染红地面。哪里来的血？直到这时，我才惊愕地发现，汩汩殷红的源头竟是我的腹部。被捅的不是父亲，而是我。我转过头，看到了母亲。一把刀握在母亲颤抖的手中。我的双手开始无力，原本紧握着的水果刀也当啷一声滑落在地。父亲趁机从我身下爬了出去。逃脱危机的他背靠着墙，不知所措，脸上还挂着失魂落魄的表情。母亲走近父亲，一边紧张地询问他有没有受伤，一边亲自摸索确认。随后，她紧紧地拥住了父亲。腹部的血还在淌，我的眼皮开始支撑不住，慢慢下坠。最后，只剩母亲与父亲一对恋人难舍难分的模样在眼中定格。我很想在生命的最后听听母亲的《一闪一闪亮晶晶》,可母亲又怎么会为我歌唱呢?视野迷蒙,身体软绵绵的。我用完了三次机会,最终也没能成功杀掉父亲。以后……未来会是什么样呢?

"还能是什么样子,当然是什么都没有改变呀。"

耳边传来熟悉的声音。它说得一点都没错。到头来,该发生的事情还是会发生。

10

我用了最后的机会,这是我仅剩的、唯一能救活灿硕的机会。看到报纸的那一瞬间,脑海里便响起了熟悉的声音,我毫不犹豫地让时间倒流到了最开始——灿硕惨遭杀害的那一天,他与我在出租屋门口道别之前。因为只有在那一刻,我才有机会直面那个黑衣男人。

和原本的"那天"一样，我与灿硕互道晚安后，他便原路折返。经历了这么多，当我再次听到灿硕的声音时，眼泪差点不受控制地流了出来。但我很清楚，现在这一刻至关重要。送走灿硕后，我立刻转身跑回家，拿起刀便出了门。我跟上尚未走远的灿硕，静静尾随在他身后，把刀藏在怀里。

　　巷道里，走得好好的灿硕突然转向一个墙角，墙角里蹲坐着一个人。是他，那个黑衣男人。男人蜷缩在地上，紧紧低着头。见他这副模样，于心不忍的灿硕上前询问他的情况。然而，预想中的回答并没有出现，取而代之的是一把飞速袭来的水果刀。男人生疏地挥着刀，灿硕反倒因为惊吓过度，踉跄了几步而逃过了攻击。

　　我攥紧怀里的刀，死死盯着他们。不行，还没到最佳时机。男人与灿硕依然在扭打。灿硕被男人踹到了腹部，男人的腿也挨了灿硕一脚。倒下的男人拽住灿硕的脚踝，试图逃离的灿硕重重摔在地上。随后，男人以迅雷不及掩耳之势骑上灿硕的身体，举起了手中的刀。

　　好，就是现在。

　　噗。

我将刀刺进男人的腹部。薄且尖锐的铁刃穿过皮肉的感觉令人作呕。不自觉地转动刀柄，我甚至能感觉到里面的内脏在颤动。地上慢慢积满从男人腹部流出的血，一直威胁着灿硕生命的水果刀也从男人手中掉落。男人回过头看向我，他的表情在对上我的双眼后，瞬间从不明所以变成了震惊，接着不知为何，又从震惊变成了惋惜。最后，男人扑通一声倒在了地上。

　　死里逃生的灿硕惊魂未定，我急忙来到他身边，查看他的身体。幸好他只是肩膀有点擦伤。即便倒下了，男人也一直在看着我们。他的眼神是那么悲伤，我只得抱住灿硕，故意躲开他的视线。灿硕的心脏跳得那么有力，他的手轻轻拍打着我的背，安抚着我。我只要有他就够了，他能活着就够了。

　　再回头时，男人已经彻底闭上了眼睛，紧绷的身体也变得软绵绵。他分明是折磨我许久的跟踪骚扰犯，更是多次试图杀害灿硕——现实中也确实杀了灿硕的可怕之人，可是他的阖眼却让我悲伤不已，我不禁瘫坐在地，大哭起来。我不知道自己为何这样，只是看着倒下的男人不停地哭。安静的巷道里回荡着我呜呜的哭泣声。

灿硕小心翼翼地叫住泪流不止的我：

"英，英熙，你快看！他怎么……"

男人的身体渐渐变得透明，变得越来越淡，就像是在百分百浓度的颜料里不停掺水，然后搅拌均匀一样。他仿佛正在从这个世界蒸发。我一点点爬向他，就在他的身体消失得只剩下一个脑袋时，终于，我把他抱在了怀中。

"对不起……"

黑衣男人彻底消失了，没有留下一丝痕迹。

11

我的故事到此结束，我再也说不出任何话。因为我手中的刀已经刺破我的喉咙，冰冷的铁刃封住了我的声音。

12

从今天清晨起床开始，我便想吃寿司。真是奇怪的一天。我早已没了胃口，所以也很久没有想吃什么具体的东西了。

"世浩，我想吃寿司。"

世浩，是我们儿子的名字。我们第一次见面时，灿硕称呼我为世英，我则叫他灿浩。所以我们各取了叫错的那个字，为孩子命了名。世浩，我已经许久没有呼唤过这个名字了。

在他小时候，我每天都会叫上数十次这个名字。可不知从何时开始，我不再叫他的名字。与其说是不再叫，不如说是我叫不出口了。从孩子逐渐长高，脸部轮廓也愈发清晰开始，我便无法再用我们的名字称呼他。因为孩子的脸，渐渐长成了那个黑衣男人的脸。

我又怎么能忘呢？曾三次企图杀死灿硕，其中两次都成功了，最后一次却死在我手里的那个男人的脸。那个突然在我眼前蒸发的男人。我们的孩子正在一点点地变成他。随着孩子考上高中，长大成年，那张脸越来越清晰。我爱我的孩子，但我无法看着他，更无法用我们的名字呼唤他，所以我什么都没做。我既没有再看他一眼，也没再叫过他的名字。只有对他视而不见，才能逃离这个我不愿承认的现实。

果然，今天是个奇怪的日子，莫名其妙地，我觉得做什么都很烦。灿硕已经不再是我爱的那个灿硕，而我也不再是从前的我，我忽然觉得，那又如何呢？看着曾不惜夺走他人性命也要守住的爱情终究没能扛住生活的压力，陷在地里苦苦挣扎，我痛苦不已。看着那张属于可怕的黑衣男人，同时也属于我深爱的孩子的脸，我连随之而来的愧疚感也厌倦了，甚至开始憎恶一直被禁锢在过去、恍恍惚惚的自己。

只是。

再没有哪两个字能比"只是"更恰当了。我分明已经熬过了数不清的岁月，现在却突然地，没有任何契机地，就只是想终止一切。现在的我，只是想吃寿司。

只是和他说了句不咸不淡的话，那个总是被我冷漠对待的孩子，套了一件薄外套就跑了出去。"穿那么少出去会冷的，钱包里还有钱吗？你别跑得那么急，小心摔着。"话已经到嗓子眼了，我却依旧没能说出口。其实我最想对他说的是对不起。恐怕，我是吃不到他辛苦买回来的寿司了。

因为，我正看着灿硕，准确来说，是喝得烂醉、眼神涣散的灿硕，以及握在他手中、正对着我的水果刀。现在，他的心神一定不是在家里，而是正在天空大海、大地深处的某个地方徘徊。

灿硕的颓废是在他接手经营的公司突然倒闭后开始的。父辈辛苦开创的公司到他手里到得太过轻易，因此他并不理解有些事物就像沙子堆砌的城堡，一旦遭到海浪的席卷就会倒塌；他既不能理解土崩瓦解的公司，也不能理解经营公司的自己。那个打动我心扉的"好人"，在公司倒闭的同时，也在灿硕自己心中一并消失了。所以，如今的他才会拿着水果刀威胁我。

水果刀，本该用来切水果、现在却威胁着我的生命的这把水果刀，我曾见过……很久以前见过……我想起来了，正是二十多年前，黑衣男人握在手中挥舞的那把刀。

终于，彻底失去理智的灿硕胡乱挥起水果刀。刀划破我脖子的那一刻，我才明白了一切：

黑衣男人为何与我们的孩子长得一模一样，当时的我为何泣不成声，这个孩子为何非要杀死过去的灿硕，被我杀害后又为什么消失不见……我终于明白了。不知不觉间，脖子喷出的鲜血已浸湿地面。我想看看灿硕的表情，但我抬不起头。孩子提着寿司奔跑回家的声音从远处传来，可我的意识已经渐渐模糊。孩子，对不起，无法和你一起享用寿司了。我已用尽三次机会，再无法让时间倒流。时隔几十年，那个熟悉的笑声再次响在我的脑海里：

　　"注定发生的事情，最终还是会发生，咯咯咯……"

我合上眼睛。

听到孩子走进玄关的声响，我的世界彻底沉寂了。

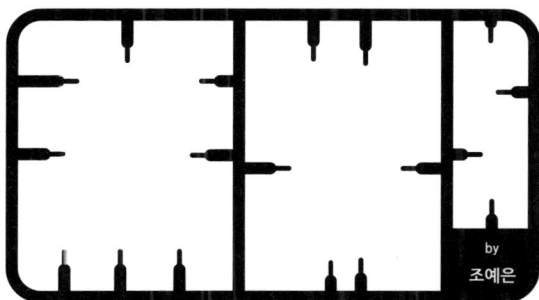

作者的话

by
조예은

在提笔写《刀，重叠的刀》期间，我经常会有这样的想法：真的可以写这样的故事吗？因为对当时的我来说，所谓小说都是"聪慧过人的作家用他完美的掌控力巧妙刻画的高深艺术作品"。

我甚至有些羞愧，我是不是在觊觎着我压根没有的能力呢？

写小说是为了什么？小说是这样写的吗？

记得那是一个格外寒冷的冬天，当时的我既没什么能做的，也没什么擅长的，急切地想找到一件自己可以完成的事情。虽然心里一点底都没有，但我感觉自己可以写下去，于是便写了。

《刀，重叠的刀》是我完成的第一篇小说，多亏了它，我才走到了今天，走到了可以出版短篇集的今天。所以它对我来说意义非凡，也让我倾注了很多感情。这本短篇集还收录了其他三篇我一再踌躇、并未发表的故事。每完成一篇，"这个故事好看吗"的想法都会再次具现在我的脑海中。在此也感谢安全屋出版，给我将这些可能永远被搁置的故事展现在世人眼前的机会。

所有创作都是一样的，越往后越容易犹豫不决。我偶尔甚至会怀念写第一篇短篇时什么都不懂、只管往前冲的状态。但与以前没有区别的是，我文中的角色还是会越过界限，向前奔跑，希望大家可以期待他们每一个人的结局。若是大家还能去遐想结局后的故事，我一定会很高兴。

最后，我想感谢对我自己也错过的细节悉心确认的策划编辑海顿与李慧静编辑，以及帮助我执笔《湿地的爱情》的 S 与 H。在大家一如既往的陪伴下完成这次工作，是我的幸运。

策划者的话

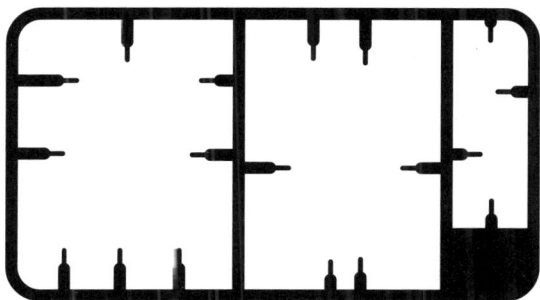

本书是赵艺恩作家的第一本短篇集。我们是通过"安全屋原创系列"的第一本书《新首尔公园果冻贩大屠杀》相识的。就在我好奇她还有没有其他作品时，赵艺恩作家拿着几篇简短的故事找到了我。那天的我也与之前一样，大呼小叫个不停，只能不断重复"非常"与"真的"这两个感叹词。

在本书策划的初期阶段，我们便确定以《邀请》作为"故事的序幕"，它讲述了一个女性反派的诞生。虽然肉眼看不见，但分明能感受到暴力的微妙瞬间，作者将之隐喻为"鱼刺"。妈妈和反派泰珠的简短台词与这些"鱼刺"融合在一起，残酷中更蕴藉着作者的悲悯之心；《湿地的爱情》描绘了分别困在水中和林中的鬼魅之间的爱情，是我一眼便喜欢上的故事。除了惹人怜爱，我找不到其他形容来表达，也无须再找其他表达，它就是这么一个美丽的故事。进行无差别开发的房地产商毁掉的并不只是一片树林，或许还有别人的爱情；本书的同名短篇《爱，鸡尾酒与行尸走肉》诞生自赵艺恩作家经常聚焦的"家人"题材，讲述了喝下蛇酒变成丧尸的爸爸与妻女之间发生的超现实故事。我个人也非常好奇，若从批判父权制的层面出发，女性读者会如何看待主人公的行为；最后一篇《刀，重叠的刀》是在"黄金枝出版·时空穿越征文大赛"中获优秀奖的作品，作为一部有关时间悖论的小说，它的完成度非常高，厚重的存在感成功填满了本短篇集的最后一个空位。无论主人公如何努力在时间中往返，依然被困在悲剧里。读这篇故事时，角色的挣扎久久留在我的心中。

有些情感只有被活生生地挖出来，我们才会认可它们的存在。赵艺恩作家的四篇短篇都没有对人类内心那些阴暗又潮湿的感情视而不见，尤其是女性的感情，在她的笔下绽放出别样的色彩。对待任何情感都"绝不轻慢的态度"自然而然地成了这本短篇集的主色调。

短篇集的策划工作就像修图，每一个环节都不能跳过。四篇小说都刻意在饱和度、对比度与阴影上打磨了很久，拉大了故事与现实的距离，这也可能给读者带来些许陌生的感受。

希望这四篇小说都能在读者心里找到属于自己的位子。若是故事太短，让大家意犹未尽，还请期待赵艺恩作家的下一部作品。

细心整理原稿的李慧静编辑，为本书设计了完美封面的李智贤设计师，在每次的策划会议中帮我查漏补缺的策划编辑，以及每次拿到原稿后一同阅读、期待本书出版的安全屋全体成员，谢谢大家。也在此衷心为克服了种种困难，终于完成全书的赵艺恩作家喝彩。

安全屋出版　策划总监
李恩真

幸福正因为转瞬即逝，才会那么甜美。

悲剧就像回旋镖，无论你怎么用力往外抛，

它都会飞回来。